當代詩學

白萩詩論與詩作專輯

（第十一期）

國立臺北教育大學語文與創作學系 主辦

陳謙 主編

五南圖書出版公司 印行

卷頭語

長劍出鞘

　　《當代詩學》歷經十年的成長，儼然成為學院之內「新詩學」或稱「現代詩學」獨特而持續的鮮明旗幟。本刊歷經國立臺北教育大學臺文所與語創系合力經營至今，亦曾以「當代十大詩人」、「兩岸詩學」、「兩岸女詩人」、「新世代詩人」、「臺灣詩史」、「向陽詩作研究」等專號為題，深度剖析當代華文詩作多元面向，留下許多可貴的文獻發現與紀錄。

　　本次審議會議前共收稿件十篇，經本刊編輯委員每篇至少雙審後通過論文計六篇，審查通過率百分之六十。回顧二零一六年三月十二日，週六的國立中興大學人文大樓815會議室，由本刊策畫執行，臺中市政府指導，國立中興大學中文系、臺中市政府文化局聯合主辦的「典藏臺中：詩人白萩學術研討會」，議程中發表六篇會議論文，並發表詩人白萩紀錄片《阿火世界》，我們努力為當代資深詩人留下文獻與影音，希冀為臺灣詩學貢獻一份微薄之力（研討會議程請參見附錄）。

　　感謝五南圖書公司的出版發行，俾使本刊得以順利邁向第十一年，未來，我們還有許多夢想期盼與熱愛詩學的您攜手共進，我們長劍已然出鞘，歷經十年的淬鍊已然鋒利，當（現）代詩學的新路，我們絕不缺席。

陳文成

目　錄

卷頭語
長劍出鞘／陳文成 ………………………………………………………… (2)

專題論文：白萩詩論與詩作專輯
白萩詩論研究——以《現代詩散論》為討論主軸／丁威仁 ………… 3
詩少年——藍星時期白萩詩作探討／劉正偉 ……………………… 37

一般論文
詩人及其詩謬思：嚴忠政「論詩詩」的理念建構與創作實踐
／王文仁 …………………………………………………………………… 69
生死之間：楊牧《介殼蟲》的時間表述／劉益州 ……………… 107
移動與敘事：論葉日松的旅行詩／謝玉玲 …………………… 137
記憶與歸屬：渡也地誌詩的地方感／林淇瀁、趙文豪 …… 177

附錄
歷年總目 …………………………………………………………… 212
《當代詩學》論文撰寫體例 ………………………………… 217
「典藏臺中」詩人白萩學術研討會議程表 ……………… 220

專題論文：
　　白萩詩論與詩作專輯

白萩詩論研究
以《現代詩散論》爲討論主軸

丁威仁[1]

摘要

　　臺灣對於詩人白萩的研究，多集中於詩作的討論，對於他的詩論，研究成果並不豐碩，雖然白萩的詩論迄今只結集成《現代詩散論》一書，然而從一九七二年出版後，經過三刷與再版，可以證明幾十年來，這本詩論對臺灣現代詩學的影響頗大，不遜於其著名的詩作。其中對於新詩本質論、現代主義與創作技巧論、新詩語言論與其詩史觀，不僅具備時代意義，更是臺灣現代詩史上重要的詩學專著之一，也是超越世代的詩論經典。

　　藉由對照顧蕙倩新著的《詩領空——典藏白萩的詩／生活》（臺中市政府文化局出版，2015.12）一書，可以發現自一九九一年《觀測意象》之後，迄今白萩都尚未有新的出版著作，然而《觀測意象》其中的七篇詩論，卻與《現代詩散論》重複收錄。因此，本文以二〇〇五年新版的《現代詩散論》作爲討論主軸，輔以其他白萩已發表未結集的詩論，希望能在這些文獻的基礎上，更爲系統地釐清白萩詩論裡的各項觀念，並分析白萩詩學在臺灣現代詩史發展的影響與價值。

關鍵字：白萩，現代主義，本質論，詩史觀，語言論，繪畫性

---

[1]　國立新竹教育大學中文系副教授。

一、前言

　　詩人白萩的詩論，雖然只有結集成一本《現代詩散論》，然而從一九七二年出版之後，經過了三刷，到了二○○五年的二版一刷，可以證明三四十年來，這本詩論對於不同時期詩人與讀者的影響，可以說是不遜於其著名的詩作，其中對於新詩本質、戰後初期的新詩發展史觀、現代主義與創作技巧，以及新詩語言的論述，不僅是笠詩社擲地有聲的詩學建構，更是臺灣現代詩史上最具價值的詩學專著之一，可以說是超越世代的現代詩理論經典。

　　而自一九七二年之後，白萩的詩觀或是詩想，就散見在對他的訪談，以及《笠》詩刊的一些對話文字之中，若按蔡哲仁於《白萩的詩與詩論》（二○○四年成功大學臺灣文學研究所碩士論文）的整理與研究，我們可以從論文附錄的詩論索引中，看見他對《現代詩散論》中每一篇收錄文章來源的考證，同時他也將白萩《觀測意象》與《現代詩散論》重複收錄的文章，做了標註，以方便研究者與讀者的查考。另外，在他碩士論文的的附錄五〈白萩未結集作品索引（初稿）〉的雜著類發現像是〈超現實主義的檢討㈠〉、〈詩的基本質素㈠、㈡〉、〈在舊金山與紀弦話詩潮〉等多篇於《笠》詩刊等處刊登，卻未結集的文字，若有與本文命題相關的部分，也是本文除了《現代詩散論》之外，所引用分析的對象。

　　另外，於顧蕙倩新著的《詩領空──典藏白萩的詩／生活》（臺中市政府文化局出版，2015. 12）一書後，劉正偉所編纂的〈白萩詩作重要評介暨論文資料彙編〉（頁246-255）中，也可以發現對於白萩詩作的論文數量遠多於對其詩論的討論，其中又較為重要的論著，又以前述蔡哲仁《白萩的詩與詩論》以及阮美慧〈知性的對決／孤絕的存在：一九五○、六○年代白萩的詩論、詩作對「現代詩」寫作的擴展與延伸〉兩篇最具參考價值，前者以專章討論白萩詩論，並且透過比對各種可能影響白萩的西方文學思潮，替白萩的詩學找出

系譜；後者則將白萩放在一個臺灣詩壇辯證「現代」兩字的時代位置上，觀看白萩的位置、價值與影響，對本文的書寫都有相當的啓發。

假使我們對照顧蕙倩一書中羅郁雯所編的〈詩人白萩寫作年表〉（頁256-263），可以發現自一九九一年《觀測意象》（臺中市立文化中心出版）之後，迄今白萩都尚未有新的出版著作，而這一本詩與詩論合輯的《觀測意象》，其中的七篇詩論，與《現代詩散論》重複收錄，因此本文便以二〇〇五年二版一刷的《現代詩散論》作爲討論主軸，並且藉著前述白萩尚未結集，卻已發表的文章，與一些訪談中相關於其詩觀的發言（其中有部分發言與《現代詩散論》相同的文字，筆者便直接標註於《現代詩散論》上的出處），作爲輔助，希望能在這些文獻的基礎上，更系統地釐清白萩詩論裡的重要觀念，並分析白萩詩學在臺灣現代詩史發展的影響脈絡。

二、詩離歌獨立，繪畫優位論——回歸意義的詩本質論

白萩詩學論著《現代詩散論》的第一篇論述就是〈由詩的繪畫性談起〉，這篇文章可以視爲他對於新詩本質的思考，同時也提出了「繪畫性」這個概念，作爲閱讀新詩只強調「音樂性」以外的異音，也藉著對作品的實際分析，隱喻式地表述其認爲新詩創作「技巧」的必要性，可以說是一篇作爲此詩論專著的觀念導引。首先他說：

> 如果我們能夠確認所謂詩，其「音樂性」只是服從於「意義」的話：那麼把「音樂性」轉換成「繪畫性」而附從於「意義」也是有相等的理由。像保羅・魏爾崙（Paul Verlaine）的「神祕的音樂就是詩」；像萩原朔太郎的「接近音樂典型的表現，才能叫做純粹的詩」，此

種把「音樂」的地位列於和「意義」相等的地位，其缺
陷和錯誤是顯而易見的，持有這種見解的人不啻是說：
「音樂」在詩中可以取代一切表達一切，果真如此，則
我們大可以不設「詩」這個名目了。[2]

　　這一段引文有好幾層的論點，白萩首先把「意義」作爲詩歌的
本質，認爲凡意義以外的均爲詩的附屬，也就是說無論是詩透過何
種「方式」或者「形式」去表述詩人的「情感」或所欲傳遞的「知
識」，詩的本體還是在於那「內容」，也就是語言文字所傳遞的
「意義」，而非表現的「技巧」，任何必要的「技巧」都附屬於
「意義」，而不能等於或凌駕於「意義」，而詩的純粹性方能呈
現。所以，許多詩人或學者「以音樂爲詩」這樣的觀念，對白萩而言
出現了兩個謬誤：
　　㈠音樂不等於音樂性，音樂與詩本來就是不同的藝術領域，音樂
　　　必須脫離詩。
　　㈡音樂性只能附從於詩，詩的本質在於意義。
　　透過這兩個概念，白萩認爲詩的表現範疇，不應只被放置在音樂
性之上，既然聽覺的表現方式可以附從於詩，那麼其他感官的不也
可以成爲詩的表現方式，所以他進一步說：「既然在詩中，『音樂
性』只是附從於『意義』：『繪畫』也只是附從於『意義』，那麼思
考『意義』的需要而決定『表現方式』正是詩人的才能之一。」[3]所
以他認爲詩人面對事物產生的觀照，可以透過各種感官，過往只強調
「聽覺」與「思想（心覺：意）」，「繪畫性」正可以拓寬詩在表現

---

[2]　白萩：〈由詩的繪畫性談起〉，《現代詩散論》（臺北：三民書局，2005年2月二版一
　　刷），頁1-2。
[3]　同註2，頁2-3。

上的領域，一種屬於視覺的領域，他說：

> 所有的詩都由形象開始、發育，然後移植於紙上，那麼
> 圖像詩的形象，該使詩更能回復到文學以前的經驗；回
> 復到聲音與符號結合而成的，原始、逼真、衝動，有著
> 魔力的經驗。[4]

　　雖然，白萩一再強調自己並沒有否定「聲音」或者「音樂性」作
為現代詩表現方式的價值，但是從他詩論的脈絡中，我們可以發現
他認為詩的本質在於「意義」，但意義最純粹的表現方式在於「形
象」，而「形象」並非聽覺經驗，而是一種視覺經驗，反映在「圖
像詩」中，兼顧了「讀」與「看」兩個區塊，那是「直觀性」的運
作，也正因為形象的閱讀須訴諸於視覺，視覺經驗又最能逼近詩簡
練的本質，所以若能採用「繪畫性」作為表現方式，能夠比「音樂
性」更能讓「事物的本身站在那兒向你逼視」[5]，這就是「詩」的
「純粹」，詩的「原始」。

　　因而白萩自承「繪畫性」是一種新的技巧、新的方法，他認為
「人類生下來便懂得利用聲音，換言之，它是與幼稚其同時發生
的，可是懂得利用圖示卻漸漸在有智慧之後。」[6]按此論點，的確可
以發現白萩的論述層次中，詩的「音樂性」應遠低於「繪畫性」，而
「繪畫性」又能通往詩的「純粹性」，更能夠「直觀」並「簡練」地
傳達詩的「意義」。他說：「繪畫性之值得提倡是基於人類視覺的世

---

[4]　白萩：〈由詩的繪畫性談起〉，《現代詩散論》（臺北：三民書局，2005年2月二版一
　　刷），頁15。

[5]　同前註，頁8。

[6]　同前註，頁3。

界遠比聽覺爲大。」[7]我們暫且不論這個論點是否過於武斷，但很清晰地可以看到白萩對於「繪畫性」的強調與優位觀，在於這是一種文明從幼稚走向智識的象徵，也是最可以表現現代詩回歸「意義」本質的創作方式。他說：

    1.詩歌結合是因人類語言超於文字傳遞功能的產物。

    2.從韻文時代中解放出來的散文時代是基於印刷術發達的結果，是人類文化更進一步昌盛的先兆。

    3.詩離歌而獨立，在藝術上說，是詩藝術及珍貴的解脫，在傳遞功能上來看，可由印刷術取代音樂。[8]

若按下列圖表，應該能夠更爲清楚表述白萩的觀念：

┌─ 詩歌相結合→語言超於文字→韻文時代→原始→口傳性→聽覺（音樂性）

└─ 詩離歌獨立→文字書寫語言→散文時代→藝術→印刷術→視覺（繪畫性）

換言之，白萩認爲「詩離歌獨立」，讓現代詩回歸「意義」本質，並且透過各種書寫技巧輔助呈現，是一種詩藝術上的解脫與獨立，在其中最重要的便是不再視「音樂」等同於詩，也不再過度強調詩的「音樂性」，「音樂」就讓它與歌結合，「音樂性」只是詩的附從，而且並非最高層次的附從，眞正可以讓詩走向純粹與藝術價值的，反而是能直觀呈現形象，簡練表達詩人情感的「繪畫性」。

---

[7]　白萩：〈由詩的繪畫性談起〉，《現代詩散論》（臺北：三民書局，2005年2月二版一刷），頁3。

[8]　白萩：〈從〈新詩閒話〉到〈新詩餘談〉〉，《現代詩散論》（臺北：三民書局，2005年2月二版一刷），頁63。

　　當然，所謂的「繪畫性」，有兩種呈現方法，第一種就是前述的「圖像詩」，以直觀的圖像表現詩人腦中的形象與意義，看大於讀；另外一種就是透過畫面與色彩來表現詩人的情感與想像，是一種詩人對於物色立體的完成，無須藉由「音律」，而是「藉形象，將物體的各面於以連環的具體化」[9]，讀大於看，這樣更能逼近詩人欲表述的意義。白萩在〈由詩的繪畫性談起〉一文中，以前者作為討論的聚焦處，分析了林亨泰、秦松以至於英美詩人的作品，就後者而言，他則在〈音樂性與繪畫性〉一文裡，透過對於覃子豪《海洋詩抄》與《向日葵》兩本詩集的比較，指出《向日葵》優於《海洋詩抄》的原因，便在於從「音樂性」轉變到了「繪畫性」的表達方式。

三、技巧至上的現代主義創作論

　　白萩的創作論相當豐富而多元，但卻脫離不了基本的總綱，也是他創作論的主軸，無論哪一個觀點都圍繞著這個核心，簡而言之就是「超傳統」，也因為這個概念的提出，白萩論及實驗性、現代性，以及語言論時，就產生了不會自相矛盾的一貫性脈絡，他說：

> 我們認為，不管我們的重複工作如何接近世界水準，不管我們對於一種模型和工具有所發揚，從傳統的立場上來說，那只是一個成功的重複。唯有重複之後，並且從重複中獲得另一種絕不相同於過去的啟悟，將對這傳統的範圍有所擴充時，或者把整個傳統視為一種束縛，對

---

[9]　白萩，〈音樂性與繪畫性〉，《現代詩散論》（臺北：三民書局，2005年2月二版一刷），頁160。

這束縛有了突破時，我們也許可稱為我們有了創造。[10]

這段稍微有些迂迴難懂的論述，倘若透過下圖，應該可以更清楚地表示白萩的概念：

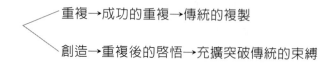

也就是說，白萩透過重複去定義傳統，超傳統並非廢棄傳統，而是創造性的突破、充擴傳統，以至於超越傳統。他說：「我把未超出傳統的創作皆視為一種重複；同一理念和方法在不同的文字間的嘗試皆稱為實驗……」[11]從這段話進行分析，白萩似乎把重複與實驗放在一個等級討論，但實際上卻不然，重複是傳統的不斷複製，實驗則是「超傳統」，藉由「每一種已有的工具（相當於每一種派別或主義），以鍛鍊能力和獲得新的啓悟……」[12]。這樣的創作論，既未廢「傳統」，卻又不是折衷主義那種「提出各種因子間的優點，而成另一個藝術上的混合體，以達到馭萬的權威」[13]。超傳統是前衛主義的，是進化論模式的，白萩稱之為「文化進化論的前衛主義」[14]，透過實驗新工具（知識），以建立新的藝術價值，同時對舊日文化進行批判，而產生啓悟的創造性歷程。白萩說：

---

[10] 白萩：〈實驗階段〉，《現代詩散論》（臺北：三民書局，2005年2月二版一刷），頁31。

[11] 同前註，頁31。

[12] 同前註，頁32。

[13] 同前註，頁32。

[14] 同前註，頁33。

> 個人的才具必須吸收傳統而見充實；必須接受傳統的砥礪才見光輝。沒有傳統的吸收與砥礪，才具是非常單薄，短暫，沒有依靠。才具必須投入傳統中鍛鍊，一面接受一面反抗，接受得越多，所付出堅忍困苦的反抗力以必然越多，只有在越多的情況下，詩人的創造越具深厚，心靈越見成熟。[15]

這樣的論點相當特殊，白萩不廢傳統的原因，竟是要詩人從傳統的接受中，去磨練自身的反抗力，讓反抗力有朝一日超越對傳統的吸收，才能超傳統，開始出現創造性的價值，於是白萩認為「傳統有如砒霜的特性，兼具著良藥與毒藥雙重性質」[16]。假設傳統變成典型，那麼詩人就必須以不斷地實驗，超越典型，因而傳統不僅是現代派或現代主義者所認為的毒藥，從另一個角度反而成為一個培養皿，培養詩人的反抗意識與現代精神。那「傳統」又該如何定義呢？白萩說：

> 所謂傳統與反傳統之爭不如說為古典與浪漫之爭，因為推究其原因，所有流派間的連續反動，只是感動與理性比率的處理關係的不同。……那麼何謂傳統，傳統只是全部人類文化活動歷史的代名詞。[17]

很清楚地，白萩並非從政治家國的立場定義傳統，反而以更開闊的視

---

[15]　白萩：〈人本的奠基〉，《現代詩散論》（臺北：三民書局，2005年2月二版一刷），頁90。

[16]　白萩：〈實驗階段〉，《現代詩散論》（臺北：三民書局，2005年2月二版一刷），頁90。

[17]　白萩：〈抽象短論〉，《現代詩散論》（臺北：三民書局，2005年2月二版一刷），頁39。

野將傳統視為文化的積累，同時將這樣的澱積稱之為「古典」，因而他自始至終論及創作，都以「超傳統」作為思維起點，而非只是「反傳統」的浪漫精神，所以他所界定的「現代」與「現代主義」精神，正如阮美慧所言，也不是當時紀弦在現代派六大信條中標舉的「橫的移植」而已[18]。若從當代的角度回溯觀察，白萩認知的「現代」，是臺灣現代詩論史上必須面對的命題與異聲。他說：

> 我們該面對「現代」這兩個字所透露給我們的意義。我們該有勇氣承認這個事實：即時間及文化具有一種積續性（Duration），「過去」並未與「現在」對立。而因累進及生長使整個「過去」包含在「現在」之內，並且繼續發生作用。……即「現代」包括了兩個內涵：一、「現代」包含了「過去」，「過去」曾是「現代」——在過去的那一小片時間看；二、「現在」。所以對於那已被「現在」消化了的「浪漫時代」，如果我們有幸生長在那時代的話，我們也會毫不吝嗇給它冠上「現代」。[19]

這段引文，白萩從「時間」與「文化」不斷延續前進的角度，揭櫫了幾個對於「現代」的觀點，若結合前述「傳統」與「超傳統」的論點，我們可以做如下的分析與詮釋：

(一)現代的概念並非指涉一個獨立的斷代而已，它並非靜態的，而

---

[18] 阮美慧：〈知性的對決／孤絕的存在：一九五〇、六〇年代白萩的詩論、詩作對「現代詩」寫作的擴展與延伸〉，《臺灣文學研究》第1期（2014年6月），頁245。

[19] 白萩：〈對「現代」的看法〉，《現代詩散論》（臺北：三民書局，2005年2月二版一刷），頁34。

是動態的。

㈡現在（代）是由過去積累而來，每一個現在（代）都將會成為
　後一個現在的過去。

㈢傳統指涉過去，超傳統其實就是現代，所以超傳統不僅是對於
　傳統的反抗，換言之也是在傳統積累下的反作用力。

㈣至於現代與現在的關係與各自的定義，白萩說：「現代是現在
　的緊密關聯與相印」[20]，按這個語意脈絡，現在指的是每一個
　當下你能意識到的時間與存在，現代則是每一段現在的時間總
　和，兩者意義相連，只是意識範疇的寬窄而已。因此，白萩進
　一步從「現代」談到「現代主義」的意義，他說：

現代主義是一種最深入最忠實與最廣大的藝術的理想和
實現。它承納過去的一切，消化過去於現在之中，並且
盡可能地嘗試，創造，改革，實驗，足以忠實表達自己
和時代之間的感受的精神方法。[21]

白萩力圖將現代主義的概念詮釋成一種永恆動態性的運動，一種建
築在文化積累之上，與時代環境一同前進的展開，它不是割裂的，
也並非反傳統的，他說：「過去曾是現代，現在是現代，未來也會
是現代」，每一段傳統的時空都曾經是現代，所以現代與傳統並不
相悖，每一段現代的時空都是想要超越傳統（過往的現代）。換言
之，無論是「橫的移植」或是「縱的繼承」，其實可以呈現出「現代
主義的精神」。

　　身為「笠」的發起人，他也揭示了一個重要觀念：「基本上

---

[20] 白萩：〈對「現代」的看法〉，《現代詩散論》（臺北：三民書局，2005年2月二版一
　　刷），頁35。

[21] 同前註，頁36。

『現實主義』是指文學的態度而言，作為寫什麼這個問題的提綱，『笠』也同時包含了關心怎麼寫的問題，就是『笠』的現代化性格。」[22]白萩認為「現實主義」應當也是「現代主義」包容的一環，「現實性」不能脫離「現代性」而獨立存在，倘若現實主義被定位在題材選取（寫什麼），那麼「現代主義」就必須定位在技巧之上（怎麼寫）。也就是說，笠詩人所謂的現實主義詩，雖然向現實取材，但除了關注「寫什麼」之外，更強調詩應具備的「藝術性」，面對不同題材要產生不同的表現方法，而現實的範圍應該廣泛且寬容，包含時間與空間，因此意識性與藝術性不該有所偏廢[23]。故白萩提出了「笠是包含現代精神在內的現實主義的文學集團，而不是只是一種鄉土寫實性而已」[24]，白萩以「技巧」與「自由」更具體的闡釋他的現代主義創作論：

> 由上面觀念的延展，我們可以了解近代藝術何以逐漸走向技巧至上。我們可以假定如果一個藝術工作者是忠實於人生與生活，那麼在情理上，他當不會提倡為人生而藝術。他所需要的是那些技巧，已存在的或有待於實驗的，他需要準確地毫無阻隔地表現他對人生的認識與生活的感受。反之，那些提倡為人生而藝術的，在他面具

---

[22] 引自〈詩與現實——中部座談會紀錄〉，《笠》120期（1984年4月），頁8。

[23] 林亨泰也提出了類似的觀點：「這證明了現代派運動走對了方向，但由於過分追求『怎麼寫』，詩風又趨於另一種極端。《笠》詩刊則針對這種過分發展提出了修正，又重新提出『寫什麼』——亦即『時代性』、『社會性』等現實問題來……但《笠》詩刊仍然並沒有忽略『怎麼寫』的問題。最近，『本土化』與『第三世界』的討論，他們似乎只在『寫什麼』的問題上兜圈子，但『怎麼寫』也非常重要。」〔引自〈詩與現實——中部座談會紀錄〉，《笠》120期（1984年4月），頁6〕

[24] 引自〈詩與現實——中部座談會紀錄〉，《笠》120期（1984年4月），頁8。

後的本質，正是那些玩弄技巧，對人生與生活抱著膚淺的看法而正在懺悔。[25]

這段引文可以說是白萩對於「技巧至上論」的詮釋與看法，他曾說：「我認為沒有技巧即沒有表現；沒有技巧即沒有結構，沒有結構，也就無法建造一幢房屋。」[26]因而他認為「為人生而藝術」並非只是一種口號，而應該是創作者本來就要忠實的對象，這個觀念就如同現實主義的「精神」，具備這樣的精神，然後透過創作的表現，準確地去表述詩人捕捉到的情感與思維，也就是「技巧的熟練表現了所應表現的，累積成為藝術上的驚奇」[27]，詩人這樣的創作過程，若不以技巧為上，又怎能簡練且準確地表達對人生的感觸呢？所以，白萩下了一個定論：「藝術所以能偉大地呈顯在我們眼裡正是由於技巧的偉大」[28]，而那些嚷嚷著「為人生而藝術」的詩人，作品只是意識的陳列，並未思考到意識的處理方式，如同李敏勇所說的「普羅詩人可能把藝術當做手段，政治意圖可能大於藝術意圖」[29]，使得這類型的詩作喪失技巧，沒有運用藝術的方法處理現實的意識與素材，變成只有膚淺的表面意義，就像鄭炯明所言：「詩的意識性與藝術性，其實就是詩的精神論及方法論，不該有所偏頗。方法論即是技巧的問題，精神論即詩人受環境影響所產生對現實的感受問題。」[30]可見白萩與當時部分的笠詩人，都認為技巧是提升詩作藝術性的必要方法，而白萩對於技巧的自我要求又放在相當崇高的位置。白萩又

---

[25] 白萩：〈《蛾之死》後記〉，《現代詩散論》（臺北：三民書局，2005年2月二版一刷），頁75-76。

[26] 白萩：〈跋桓夫《影子的形象》〉，《笠》41期（1971年2月），頁7。

[27] 同註25，頁77。

[28] 同註25，頁77。

[29] 引自〈詩與現實──北部座談會紀錄〉，《笠》120期（1984年4月），頁18。

[30] 引自〈座談──詩創作的意識與藝術表現〉，《笠》126期（1985年4月），頁10。

說：

> 事實上，所謂技巧實有雙重的意義，即可視與不可視
> 的，可視的包括那些手法、文字、語氣和格式。不可視
> 的包括如何觀照，如何捕捉和捨棄意象，如何加深感
> 受，進而為謀好詩，在知識上盡可能地增進有助於詩的
> 知識，在內心上如何靜濾至一切至微的感受均能準確地
> 捕捉無餘。[31]

白萩對於技巧層面，的確提出了「創作方法論」，表面上分成「可
視」與「不可視」兩個層面，但實際上卻可以進行細部的討論與分
析，就可視層面指的是現代詩創作的外在形式問題，就不可視層
面，則涉及了詩人自身的涵養，才識的鍛鍊，感受的融通等屬於內在
層次的問題，這拓寬了我們對於技巧限定於新詩形式的藝術要求，
把創作論與詩人論進行結合，強調詩人本身心靈與知識的敏銳與成
長，在這樣的觀念底下，技巧就不再會流於形式的表面，而真正進入
詩人的精神脈絡中，成為必要的創作要求，也只有如此，詩人才能從
紙上解放，不再蹈襲重複，也才能走向「超傳統」，「自由」的真正
意義方能突顯，白萩說：

> 「自由」所意味的是指對於某種就有的規律具有評判和
> 理解能力，而後推廣至能夠適應程度的新規律。及反對
> 有權威傾向的固定規律來解決一切，而要求個體自我能
> 有解決自己的方式。它們的珍惜表現在那一點大同小異

31　白萩：〈《蛾之死》後記〉，《現代詩散論》（臺北：三民書局，2005年2月二版一刷），
　　頁76-77。

的「小異」上。無論言語的，形式的，手法的，它們要求因個體而變，用以表現新的美。[32]

「規律」意味著「傳統」、「重複」；「自由」則是「超傳統」、「創新」，白萩的「現代主義」與「技巧至上」的創作觀，或許也隱含著對當時政治風氣嚴峻的反動，透過希望詩人反抗固定規律的傳統權威，並從群體意識中解放，回歸個體，這樣創作出來的作品，由形式以至於內容，都能夠產生新的可能，雖然只是「小異」，但這「小異」將會成為燎原之火，變成創作乃至於生活、社會的新規律，就這部分來說，白萩的確具備先見之明。白萩在一次的訪問中提到：

問：一個好的詩該具備怎樣條件？
答：第一，須有內容——沒有內涵的東西等於是廢物，
　　別人看起來覺得空洞乏味。第二，須博學有創作經
　　驗——做任何的學問免不了須有廣博的學問，寫詩
　　也不例外，且須中外文學有所了解才行。第三，須
　　對於藝術有全盤的了解，在「面」的方面才會廣。
　　第四，詩作者品格要有操守，能夠承認別人的長
　　處，對友人短處不加偏袒，不可感情用事才行，這
　　樣作出來的詩才易受人尊敬。[33]

這四個創作具體方法都必須「居於現實」，才是白萩眼中的好詩，先

32　白萩：〈《蛾之死》後記〉，《現代詩散論》（臺北：三民書局，2005年2月二版一刷），頁79。
33　引自〈訪問——白萩片談〉，《笠》75期（1976年10月），頁28-29。

以下圖表之：

```
                         ┌─ 內容（情感內容與內在精神）
                         │  博學（現實經驗與外在知識）
              居於現實 ──┤
                         │  藝術（語言意象與形式修辭）
                         └─ 品格（作者本身之人格特質）
```

白萩提出的四點，分別代表現代詩學的四個討論角度，無論是從情感內容、形式技巧，或是人與外物客體的關係，再加上作者人格與詩格之間聯繫，可以清楚地統整地前述關於其創作論的分析：

第一，內容與形式並重。

第二，具備創造性的現實價值。

第三，以語言作爲思考的出發點，文字修辭均爲後起。

第四，詩格即人格的傳統詩學思考

第五，準確的意象是提升創作水準的必要性。

由上所述，白萩對於現代主義與技巧至上的思考，其實也突顯了《笠》的「現代性」意義，白萩將「現實主義」的置入精神領域，透過創作技巧顯示「現代主義」的藝術性，於是強調「寫什麼」（題材來自於現實經驗）與「怎麼寫」（藝術上的技巧方法論）便在這樣的論述視野中被統合起來，若按蔡哲仁的研究指出，白萩的現代主義系譜爲「構成主義──艾略特的現代主義──存主義──表現主義──新即物主義」[34]，而其中「新即物主義」[35]就是《笠》詩人對於現代

---

[34] 蔡哲仁：《白萩的詩與詩論》，（臺南：成功大學臺灣文學研究所碩士論文，2004年），頁56。

[35] 新即物主義通常指德國威瑪時期（1919-1933）的（造形）藝術流派，由於早在威瑪時期之前德意志工匠聯盟的最早期的領導人穆佘修斯（Hermann Muthesius, 1861-1927）即反對「青年風格」的裝飾性與「表現主義」的非理性，而提出對物體客觀理性的描繪（以助機械建築設計），被稱為「即物主義（Objectivity）」，所以在一九二〇年代類似的創作主張

主義流派的選擇，以對抗其時流行的「超現實主義」。

四、「以語言思考」的語言論

　　接續著上述關於「自由」的觀念，白萩進一步涉及關於現代詩「語言」的問題，他認爲「詩人是由於操作了語言與語言之間的新關聯才能找出新鮮的詩」[36]，「語言的力量產生在語言找到新的關聯時才迸發出來」[37]，也就是說詩人應當鍛鍊語言，使語言保持新鮮感，尋找語言之間的新組合、與新的關係，從日常合理性的語言中，透過理智的作用，形成一首詩的知性結構，他說：

提出時即以「新即物主義」稱之。新即物主義除了受即物主義的影響外，也受義大利的再現主義（Representationalism）、新古典派、超寫實主義與法國的立體派的影響。新即物主義的特點為：(1)對抗表現主義（Anti-Expressionism），(2)具體的寫實，(3)對右派政客及資產階級腐敗生活的諷刺，(4)對普羅階級的聯合的讚揚，(5)對工業及都市的讚揚，(6)進步性（progress）與正面性（postive）。所以，在創作主題上即圍繞著上述幾個特點，在創作技巧上則表現剛硬與精密描繪等特點。

《笠》的「新即物主義」論述是由吳瀛濤在一九六六年二月《笠》11期提出的「現代詩用語」，且詳加詮釋以來，逐漸成為笠詩學的一部分。就丁旭輝「新即物主義相關用語表」的進一步觀察，發現相關用語在他的整理下自一九六六年以來至二〇〇四年，從《笠》11期至227期共二百一十七期出現的次數共五十九次，占了百分之二十七。如果依年代來分：六〇年代共出現十四次，七〇年代共出現十次，八〇年代共出現二十一次，九〇年代以降則出現十四次，尤其是八〇年代出現相關詞條的次數，占了總次數五十九次的百分之三十六，比例不得不算是高。據筆者閱讀八〇年代《笠》的詩論，發現新即物主義的概念在八〇年代的使用，多與《笠》同仁對於「語言思考」的概念相關，故放在本節論述，至於《笠》詩論中「新即物主義」的概念與發展，丁旭輝在〈笠詩社新即物主義詩學初探〉（二〇〇四年十月二至三日，國家臺灣文學館舉行之《笠詩社四十週年國際學術研討會之論文集》，頁197-239）此文中已有詳述，請自行參看。

[36] 白萩：〈詩的語言〉，《現代詩散論》（臺北：三民書局，2005年2月二版一刷），頁99。

[37] 同前註，頁101。

在任何時間任何場所，從任何人口中所說出來的語言，
幾乎都是千篇一律地，陳腐到無法發散出一點意義來，
還有人為的：在何種場合使用何種的語言區域。這種習
慣性地使用語言：受限於何種時間，何種身分的語言，
沒有比這樣更令語言陳腐死亡。[38]

「陳腐化」是語言死亡的重要原因，語言會變成如此的緣故，除了
「簡單化、符號化、確定化、統一化」[39]四個原因之外，另一個原因
就是因為「語言達到極度圓熟」，失去了新的可能與新的運用，變成
了一種日常性的重複。為了避免如此，我們就必須要鍛鍊現在的白話
工具，改造我們的語言，這是怎樣的操作呢？白萩說：

語言和文字是有差別的，所謂語言基本上有二層內涵：
即語「意」和語「音」。語言的視覺符號化形式，就是
語「形」，也就是文字。因此文字只是擔負了記錄語言
的任務而已。……因此「語意」和「語音」密切地結
合，而成為我們現在的「語言」。由於說出來的「語
言」無法留存，因此發明了不同的「視覺符號」來記錄
不同的語言，這種「語形」就是文字。……簡單地說：
用嘴巴說出來的語叫做「語言」，用手寫出各種語言
的符號叫做「文字」。……如果人類是以文字來思考的
話，請問那些大字不識一個的文盲們，是否應該不會思
考才對，為何他們仍能以語言長篇大論的來陳述推斷？

---

38 白萩：〈詩的語言〉，《現代詩散論》（臺北：三民書局，2005年2月二版一刷），頁100。
39 同前註。

　　所以我說：人類是用「語言」來思考，而不適用「文
字」來思考！[40]

他將語言的層次分成三個部分：語意、語音及語形。將前兩者視為語
言的內涵，後者則是指涉「文字」，又稱為「語言的符號」，是一
種已經「凝固化」的文字，真正的語言應該是「活生生的語言」、
「日常性的語言」，筆者以下圖表述之：

也就是說，文字屬於對語言的記錄，而非作為思考的起點，「語言最
重要的機能在於指示思索」[41]，詩人應由「指意清楚」的語言進行思
考，傳達思考，就算是為了尋覓語言之間的新關聯，以必須在「知性
活動」中產生精神與意識的操作，在「語言的秩序中建造一首詩的結
構」[42]。所以，語言與文字不能混為一談，如果混為一談，詩作將會
變成「無力的修辭」與「文字的遊戲」，因為這樣的語言已經成為文
字詞語的概念，脫離了現實。白萩說：

　　經由「自動語言」或「自由連結」的方法，是很難達到
語言的新關聯，有也只是由於偶然的機緣。無節制的超

---

[40] 引自〈座談紀錄——笠的語言問題〉，《笠》110期（1982年8月），頁13。
[41] 白萩：〈詩的語言〉，《現代詩散論》（臺北：三民書局，2005年2月二版一刷），頁102。
[42] 同前註。

現實主義的詩，從詩的真正要求來衡量，絕大部分只是半成品或廢物而已。……為了尋找新關聯，而將語言打碎到無法再行連申，實在是無用的舉動，沒有意義的語言也就是無意義的語言……[43]

換言之，白萩的語言論中的兩個重點就是「以語言思考」以及「知性的秩序」，詩的語言，雖然透過日常語言去錘鍊，但不會只停留在日常語言，雖然以語言做思考，但創作時仍須回歸詩的藝術性，透過知性的技巧，有秩序地運用文字去記錄詩人以語言思考後的詩想與感情。在這樣的語言觀中，當時詩壇流行的超現實主義詩，被白萩視為一種無意義、無節制且隨機性的書寫方式，變成一種絕對感性，沒有秩序地將語言打碎，再經過重組的舉措，沒有任何的意義。

事實上，存在於「笠」和「創世紀」語言思考的最大差異，就「笠」同仁的角度而言，創世紀詩人是「以文字思考」，而笠詩人則強調「以語言思考」，郭成義曾提出「為了決定語言，而遇到語言」[44]，其實正如同白萩所說「人是用語言來思考，不是用文字來思考」[45]的觀念。也就是說，白萩或笠同仁的語言觀，認為語言並非建築在文字之上，詩人只有將文字作為語言的具象化，才能正確地使用創作技巧與修辭工具，畢竟語言是第一層次的，先經由語言進行思考，再利用創作技巧使語言藝術化，這個過程就是白萩所說的秩序與知性，正因語言的意義逐漸變成用文字型態辨認，所以人們就誤以為寫詩是從文字變形的花招開始，甚至將語言和文字混為一談，不加辨析。若按白萩的論點，我們千萬不能誤以為語言就是文字，所有的修

---

[43] 白萩：〈詩的語言〉，《現代詩散論》（臺北：三民書局，2005年2月二版一刷），頁102。

[44] 引自郭成義〈都是語言惹的禍——評蕭蕭〈現代詩七十年〉一文〉，《笠》106期（1981年12月），頁48-49。

[45] 引自〈座談紀錄——笠的語言問題〉，《笠》110期（1982年8月），頁13。

辭法則都只是第二手的認識，不能倒果爲因，這樣就會以文字玩弄語言，喪失了語言的精神與生命，眞正回歸「意義」的詩學本質論，就必須避免「以文字思考」，而要「以語言思考」，而且要從「陳腐化」之中，賦予詩語言新鮮感與新關係。「改進了我們的語言才能改進我們的詩」[46]。若就具體的操作方法，白萩提出了「斷」與「連」的看法：

> 每當我們讀到一個長句時，總是感到上氣接不了下氣的困難，這顯示人類使用語言是受人類呼吸的限制，語言是在這種限制之下，被創造被使用，也就是語言在發生時就存在著斷的特性。……一句話最少要三個字或三個詞來連結，才能表達完整的思考，表示語言在發生時也存在著連的特性。[47]

白萩從生理學的角度說明語言在「呼吸」的限制下，必然產生「斷」的特性；接著再從語言學的角度，說明漢語無法產生「兩字經」的原因，必須存在三字「連」綴的特性，「語言既然存在著斷與連兩種特性」，那麼「以語言爲其唯一存在的詩」，也應該以這兩種特性作爲其創作的技巧或者特色。白萩對此有獨特的見解，他提出幾個論點：

㈠詩是存在於語言的既斷又連之間。爲了思考的完整，需要連，爲了思考的飛躍，需要斷[48]（他認爲詩的思考具備完整與飛躍

46　白萩：〈自語——《天空象徵》後記〉，《現代詩散論》（臺北：三民書局，2005年2月二版一刷），頁98。

47　白萩：〈語言的斷與連〉，《現代詩散論》（臺北：三民書局，2005年2月二版一刷），頁106。

48　同前註，頁120-121。

兩種特性，連可以讓作品呈現整體性，斷則可以使作品產生思考的縫隙，呈現詩與其他文類不同的多義性）。

㈡詩不在連，而在斷，但斷後不能連即無法達成任務。對詩人來說，不僅日常性的語言，就是其他詩人所連結過的語言，對其自身來說，均是一種散文，如果直接操作此種語言無法把它切斷，即無法造出「自己的詩」[49]（白萩認為詩與散文不同之處在於斷，然而如果沒有斷後又連的方法，也無法形成一首好詩，由此可知，白萩把散文之連，作為現代詩斷之輔助，而許多晦澀的詩，或者超現實主義的作品，只注重斷的自由連結性，而不管使一首詩最後變產生完整性的「連」之技巧，以至於無法寫出令人滿意的佳作）。

㈢把音樂性作為語言的連結，是一種多麼靈驗的黏劑[50]（以音樂性作為「連」，正呼應白萩將音樂性視為新詩附從地位的論點，畢竟現代詩以斷的技法為主，以突顯與其他藝術或文類之不同，繪畫性是一種視覺的黏合，但音樂性則屬於節奏、音律等聽覺的黏劑，可以調整一首詩連結上的不足）。

　　白萩這三個論點，既屬於詩語言論的範疇，同時也是詩創作論的具體方法與技術，這個觀點的提出不僅再一次扣緊他知性型態的「技術至上論」，藉此呼應笠同仁對於創世紀詩人作品的批判，同時也透過具體討論陳明臺等笠詩人的作品，透過一個新詩形式的觀點，區隔出笠與創世紀之相異處：創世紀詩人諸作的晦澀，在於他們只斷不連，沒有秩序地打碎句法結構；而笠詩人的作品則應既斷且連，在以語言思考的現實主義精神，加上現代主義方法下，讓詩作產生高度的特色與藝術性。

---

[49]　白萩：〈語言的斷與連〉，《現代詩散論》（臺北：三民書局，2005年2月二版一刷），頁121。
[50]　同前註，頁125。

五、隱喻迂迴的詩史思維

　　在討論白萩的新詩史觀之前，筆者先從陳千武於《笠》一三〇期裡提出一篇可以反映笠詩社新詩史觀的論述〈光復前後臺灣新詩的演變〉進行論述的切入，他於前言中提到關於臺灣新詩發展的分期：

> 所以我們可以把光復前二十年的活動，視為臺灣新詩的潛伏期，包括開創期的詩型、作品風格、現代精神的萌芽。而光復後四十年的新詩演變實態，是經過一斷過渡期的冷靜之後，採取橫的移植，吸收西歐的藝術精神，花費了二十年；後其二十年才恢復縱的傳統，表現本土意識的創作，恢復國民性獨自性格多彩的文學表現，進入世界性文學圈裡豎起一幟。[51]

他將八〇年代以前的臺灣新詩的發展分成兩個區塊：光復前二十年與光復後四十年，再將光復後四十年對切，分成前期與後期，筆者以下圖表之：

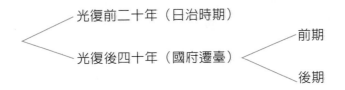

陳千武認為光復前二十年的新詩活動，是臺灣新詩史發展的前端，開

---

[51]　陳千武：〈光復前後臺灣新詩的演變〉，《笠》130期（1985年12月），頁8。

創性的潛伏期，對於臺灣新詩未來的開展有啓發與萌芽的作用，也
就是說臺灣新詩的發展應直接受到日治時期的影響。就光復後的前
期，陳千武認爲此時受到現代派的影響，以西方的藝術精神作爲效法
學習之對象，採取橫的移植。後期卻恢復縱向的影響，但陳千武所言
之「縱的傳統」，與藍星所言「中國傳統」概念下之「縱的繼承」
相異，我們可以看見陳千武在詩史觀中，力圖扭轉國府傳遞的中國
「五四」史觀，反而回歸到「本土意識」與「國民性」，也就是以
「本土」取代「中國」作爲臺灣新詩「縱的傳統」之內涵概念。陳千
武認爲：「臺灣新詩的發生，係於民國十二（一九二三）年始有謝春
木、施文杞等人嘗試寫作。……於我國國內於民國四年被認爲新文學
運動的先鋒《新青年》的出版晚了八年。」[52]現今普遍認同的臺灣新
詩起源論（謝春木（追風）〈詩的模仿〉四首），卻在八〇年代陳千
武的書寫中，受到政治氛圍的影響，以直接又迂迴的方式呈現，一方
面將臺灣新詩的發生定義在一九二三年，另一方面又必須迂迴提及民
國四年的《新青年》，這樣的隱喻其實在一九七〇年代之前白萩的思
考中同樣如此，尤其於一九六〇年代的政治氛圍底下，白萩必須以極
度迂迴的方式表述其詩史思維[53]，以下先摘引出白萩對於臺灣新詩發
展的重要相關論述：

> 嚴格地說：臺灣新詩的萌芽應該是民國四十年後的事
> 情。在這以前，到民國三十四年的五年間，只能視爲荒

52　陳千武：〈光復前後臺灣新詩的演變〉，《笠》130期（1985年12月），頁9。
53　《現代詩散論》的初版時間爲一九七二年五月，其中收錄的文章多散見於一九七二年之前的
　　詩刊或是白萩詩集的序言，可見寫作當時的政治狀態與文化氛圍。關於〈淵源‧流變‧展
　　望——光復後臺灣詩壇的發展與探討〉一文原刊於《笠》16期（1966年12月15日），頁14-
　　15。

蕪時期。[54]

直到政府遷臺以後，全面廢止日文，所有報紙刊物以中文印刷，本省詩人因為語文的隔絕，或停筆從頭學習，或乾脆放棄，詩壇因而全部由大陸來臺詩人播種。……這些詩，雖便於朗誦，明白直接，但恰因本省同胞大部分不諳於語文，且無背井離鄉的體驗背景，難以引起共鳴，因而無從發展。[55]

與今日之詩具聯繫關係，實在是從紀弦主編了《詩誌》，與鍾鼎文、覃子豪合編了《新詩週刊》，培養了年輕的一輩，提供了一塊專門墾植的園地，才促成了臺灣詩壇的生機。[56]

真正導引了臺灣詩壇的分裂，而有趨向與發展，是在民國四十二年二月，《現代詩》第十三期，紀弦倡導了現代派以後的事。[57]

臺灣詩壇「現代派」的揭櫫，其原因是本省詩人林亨泰重新以中文寫詩的結果，林亨泰為了迎合「現代派」的風格，以日文得來的關於現代詩的知識，發展了春山行

---

[54] 白萩：〈淵源・流變・展望──光復後臺灣詩壇的發展與檢討〉，《現代詩散論》（臺北：三民書局，2005年2月二版一刷），頁49。

[55] 同註54，頁49-50。

[56] 同註54，頁50。

[57] 同註54，頁50-51。

夫在日本詩壇的實驗，而提供了〈輪〉、〈房屋〉、
〈人類身上的鈕扣〉、〈遺傳〉、〈鷺〉等一系列的作
品，這些作品，表現出了不同於以往「現代派」的方
法，而促使了紀弦倡導「現代派」的決心。[58]

從上述引文，我們可以進行如下的分析：首先，白萩對於「臺灣新詩
的萌芽」這個偏向於詩史源流的語彙，或許是在時代與政治氛圍的
設限下，他並未以日治時期作為討論的濫觴，而是置於國府遷臺之
後，更耐人尋味的，他所言的荒蕪時期，是指戰後（一九四五）到國
府遷臺之後（一九四九──一九五〇）。換言之，戰前日治時期的臺灣
新詩起源的二十多年，在這一篇題為〈淵源・流變・展望──光復後
臺灣詩壇的發展與檢討〉一文中，巧妙地避而不談。

　　第二，正因如此，所以白萩進行光復後新詩發展的論述時，為了
還原臺灣新詩發展主要源於日治時期的史觀，就採取了相當迂迴的論
述策略，首先從國府廢止日文，談到國府遷臺初期的詩壇由大陸來臺
詩人的「反共詩」作為主流，然而卻因為語言政策，所以無法引起本
省人的共鳴而無從發展，其中最值得注意的就是「無從發展」這個說
法，其實間接地否定五〇年代以降的新詩發展與大陸來臺這一群詩人
有直接的關係，同時也暗示著產生這種狀況的緣故，便在於國府不當
的語言政策。

　　第三，但偏偏在論述邏輯中無法避開紀弦、覃子豪、鍾鼎文等
人，所以白萩用了極大的篇幅論證兩件事情：㈠藍星覃子豪與現代
派紀弦的對立，只是「不服氣與爭領導權的作祟罷了，覃子豪的血
緣，說起來也是一個溫和的現代派」[59]；㈡就他們的詩風其實只是

58　白萩，〈淵源・流變・展望──光復後臺灣詩壇的發展與檢討〉，《現代詩散論》（臺北：
　　三民書局，2005年2月二版一刷），頁53-54。

59　白萩：〈淵源・流變・展望──光復後臺灣詩壇的發展與檢討〉，《現代詩散論》（臺北：

戴望舒與李金髮「現代」思維的延續，紀弦背負中國「象徵派」與「意象派」的背景「來臺灣傳播現代的種子」，卻未超越當時（白萩指的是法國與美國等歐美西方國家）的「現代派」，這在前述白萩的詩論裡，紀弦只是一種「重複」。

　　第四，經過層層的推衍與論證，白萩迂迴地藉由林亨泰去呈現其詩史觀，並且接軌日治時期，一方面林亨泰在前述荒蕪的五年中，以銀鈴會去延續日治時期以降文學的火種，令一方面林亨泰重新以中文寫詩，卻以日文得來的知識，加入紀弦的現代派，成為「現代派」最重要的理論戰將，甚至於促使紀弦下決心倡導現代派。換言之，現代派提倡的現代主義精神，在林亨泰的影響下，已經不是原先紀弦所承繼的中國傳統，其實發揚與接續的是臺灣從日治時期以降的現代主義精神，白萩在蕭殺的政治環境中，以相當迂迴的隱喻，揭示了臺灣現代詩的詩史源流，作為臺灣本土詩壇重要的先行者，這樣的勇氣令人尊敬。

　　而李魁賢在一九七九年與蕭蕭、林煥彰三人對談時也確切提出這樣的觀點，他說：「我們了解到臺灣新詩的發展，幾乎與中國大陸五四時期的新詩同時間開始。……光復以前，實際上臺灣新詩活動就已存在，而且持續相當時間。可惜，光復以後，因為語言變遷，使得那些前輩詩人的創作忽然停止。」[60]李魁賢的說法也呼應著白萩，可以發現八〇年代以前一般人對於臺灣的新詩發展，「普遍有一種誤解，以為臺灣的新詩是紀弦他們從大陸帶來的火種」[61]，而白萩在當時國府所塑造的政治環境中，能夠藉著如此迂迴的方式，談到臺灣新詩的發展在當時避而不談的日治時期中，已透過日文譯介而受到外國

三民書局，2005年2月二版一刷），頁52。

[60] 引自林煥彰整理〈三人對談——關於一年來的詩壇〉，《笠》95期（1980年2月），頁55。

[61] 引自林煥彰整理：〈三人對談——關於一年來的詩壇〉，《笠》95期（1980年2月），頁55。

新文學思潮的影響，並且提出以林亨泰爲標的，作爲接軌日治時期的
詩史觀念，的確有助於釐清臺灣新詩發展的脈絡與問題。也因爲如
此，白萩藉著這樣的詩史脈絡，融合其所強調的現代主義詩觀，連結
笠詩社的創社與發展，於九〇年代做了一個定調，一方面回顧了戰後
初期臺灣「創世紀詩社」與現代派和笠詩人的關係，他說：

> 對於創世紀的這個十年應該再分爲二期，前一期是四
> 年，四年就是我們這些現代派份子進去當編委的時候，
> 後六年是我們相繼退出，也因它引進了超現實主義的手
> 法，造成些盲從者，寫出大量的劣詩來……我們笠詩社
> 從成社開始也有對抗的味道。[62]

　　白萩等笠同仁對於戰後初期的現代派運動，將紀弦與林亨泰所發
起的三年，視爲「前期現代詩運動」，指的是「前現代派時期」，而
白萩、林亨泰、錦連等人進創世紀擔任編委，將《創世紀》現代化的
三四年，屬於「後現代派時期初期」，到了第二十四期時，白萩等
人反對晦澀詩風而退出後的創世紀，可以被認爲是「後現代派時期晚
期」，白萩認爲此時期之後的創世紀已經脫離了他們所理解的「現代
主義」，走向了一種極端。而白萩與笠詩人所堅持的本土現代主義精
神[63]，便透過笠延續並發揚，所以白萩才說：「其實現代派運動仍在

62　引自〈江自得詩集《那天，我輕輕觸著了妳的傷口》合評〉中白萩的發言，《笠》169期
　　（1992年6月），頁136、137。

63　丁威仁在〈臺灣本土詩學的建立（中）：八〇年代笠詩論研究〉提及：「林亨泰在『現代
　　派論戰』時替紀弦辯護，已將『橫的移植』說是積極的開拓，又將廣義的傳統繼承說成爲
　　『積極』的繼承，在這樣的論式中，如果我們仔細觀察將會發現林亨泰雖作爲早期現代派的
　　理論健將，但其身分實爲日治時期以降銀鈴會的成員。換言之，他代表的是臺灣自日治時期
　　以來的新詩文化發聲者，所以他所謂的消極上『傳統』的繼承，或許指的便是日治時期第一
　　次『超現實主義運動』的延續；而五〇年代又是反共復國的年代，因此林亨泰必須選擇中國

「笠」詩社推展中，所以臺灣的現代派運動自一九五六年肇始至今已三十五年仍然繼續存在，並未歇止。」[64]將「笠詩社」視為臺灣詩史戰後發展的推進與承續者。

六、結論——兼及白萩的詩人論

白萩說：「作為一個真正詩人是需要創造的。我們從鏡子中照出的希望是我們自己，不是李後主。」[65]這段話針對詩人而發，卻是白萩詩論很好的一個註解，無論是白萩的詩本質論，還是強調技巧與精神病中的現代主義觀點，或是他的語言論和詩史觀，我們都看到一個重點，就是「強調創造的新精神」，那是一種個體的精神，無法從不斷的重複中得到，必須越過影響你的傳統，在傳統的基礎上接受許多經驗，但最終要把「舊有的經驗組成一種新的東西」[66]，這樣的思維過程就源自於「個性」，白萩認為「個性即生命」，他說：

> 在這個了解之下，生命的一切活動均為那個生命的個性，不論他的思維方式，也即他的語言運用方式，均為個性所統制，無可逃避。……即使他的體驗，他的接受

的傳統，來說明廣義積極的繼承。如果以此兩段論式來觀察林亨泰這段話，就可以了解當時詩人在肅殺的政治環境下，要提出符合史實的論證，就必須使用相當『隱喻』的詩論語言。雖然，八〇年代以降，政治氛圍已無如此肅殺，但要徹底改變舊有『大中國式』的詩史觀，陳千武也透過這種迂迴的方式，將『縱的繼承』原先『傳統中國』的觀念挪移成繼承『日治時期』臺灣原有的新詩傳統，亦煞費苦心。」〔詳參丁威仁《戰後臺灣現代詩的演變與特質》，（臺北：秀威，2012.05），頁107〕

[64] 引自〈在舊金山與紀弦話詩潮〉中白萩的發言，《笠》171期（1992年10月），頁116。

[65] 白萩：〈評夏菁的詩集《靜靜的林間》〉，《現代詩散論》（臺北：三民書局，2005年2月二版一刷），頁170。

[66] 同前註。

> 經驗也均以它的特有方式；表達的選詞、組句、排列、
> 秩序的安排，以及其間的韻律，以依它特有的慣性⋯⋯[67]

也就是說每個人有自身獨特的特性，個性就是「一個人的整個生命所表現出來的形象」[68]，因此你與我之間，每個詩人之間，不可能產生個性（生命）的重複，所以每個詩人就算善於做著各種的重複，除非你願意放棄自己的情緒與個性，否則詩的字裡行間依然出現你個性的呈現。白萩說：「詩人與存在環境的感應之間，是不容許有先存的語言或形象的存在⋯⋯為了產生一首詩，我們需要殺死全世界的詩人，殺死昨日那個我的詩人，那是純然絕對孤獨的世界。」[69]因而一個優秀的詩人，面對的其實是自己才能理解的生命本質，在一個屬於自己獨立個性的世界中，超越曾經有過的影響，才能書寫出創造性獨一無二的作品。然而，這是一個純然理性的過程嗎？白萩認為在這背後一定存在一種驅動力，這種力量，白萩稱之為「情緒」，他說：「情緒對於詩人寫詩的功業是一種驅迫之力。」[70]可見情緒是一種激情的創作動力，沒有情緒的驅動，就無法出現有魅力的詩，但只有情緒的引發，卻無節制與內在的調整，就無法產生偉大的作品，白萩說：

> 但是情緒本身並沒有價值，它只是詩人寫詩的一種激發
> 之力，相信偉大的情緒可以創造偉大的作品，是一種妄
> 念。偉大的情緒只是提供強大的引發力量，它必須依附

---

[67] 白萩：〈人本的奠基〉，《現代詩散論》（臺北：三民書局，2005年2月二版一刷），頁92。

[68] 同前註。

[69] 白萩：〈或大或小〉，《現代詩散論》（臺北：三民書局，2005年2月二版一刷），頁132。

[70] 同註67，頁93。

在作者豐富的體驗與教養之後，也即是說：詩人必須有
豐富的教養可供情緒的驅使，才能有寫出偉大作品的可
能性！可以偉大的情緒，往往使一個詩人衝動，急忙地
被驅迫出去，在此，詩人便須有壓制之力，維持排遣經
驗的充分的時間……[71]

所以，「情緒」不等於「情感」，「情緒卻代表體驗的到達」[72]，
「情緒亦只是詩的動機」[73]，同時「也是詩人所要表達的一個隱伏的
基調」[74]，它不能操控詩人完成作品，他只是一種驅使詩人感受外物
的力量，不應該讓詩作成為「情緒的告白」[75]。因而詩人必須透過前
述所言的「知性的秩序」與「豐富的教養」，在情緒驅迫的當下，壓
制並轉換成內在的「情感」。換言之，「情感」是經過「轉化」的
「情緒」，詩人在語言文字中表現的不是情緒，而是情感，一旦情緒
排山倒海來臨之時，詩人不應直接透過語言直接表露，而是藉由語言
的思考，通過知性的調整，再透過前述所言的「技巧」，容納體驗
於紙上的安排，這樣才能清晰地呈現屬於自己的個性，新的創造價
值。白萩說：「無論如何藝術必須有個人為基奠，個性為基調，情緒
為契機，是無法否定的。」[76]又說：

成功的作品是全面的和諧：內容的剪裁、形象地捕捉、

---

[71] 白萩：〈人本的奠基〉，《現代詩散論》（臺北：三民書局，2005年2月二版一刷），頁93-
94。

[72] 同前註，頁94。

[73] 同前註，頁87。

[74] 同前註，頁94。

[75] 同前註，頁94。

[76] 同前註，頁96。

　　音律的流暢、文字的鍛鍊，都是匹匹難以馴服的野馬，
　　我們尋覓，時間也尋覓，一個能夠同時駕馭這幾匹馬的
　　車夫，將我們帶到一個驚奇的境地。反過來說，功虧
　　一簣的作者，實乃停滯於「行九十九里路則半」那個
　　「半」字上，一面的不足，便影響了全盤的組織。[77]

這段話全面性地說明了白萩對於一篇優秀詩作的要求，這不僅出現
在本文當中不同的範疇的討論，更重要的是可以放在詩人論的視野
中，成為一個詩人創作的自我反省與要求，到底自身是否有達到上述
引文所說的四大創作要件，從內容到形式、從語言到文字、從聽覺到
視覺，同時這也可以替白萩的詩論下一個總結性的註腳。

---

[77]　白萩：〈評夏菁的詩集《靜靜的林間》〉，《現代詩散集》（臺北：三民書局，2005年2月
　　二版一刷），頁178。

A Study of Bai Ciou's Poetic Theory Taking the Discussion of "Modern Poetry as a Spindle"

Summary

Abstract

The research of Bai Ciou in Taiwan is mainly focused on the discussion of poems. The research results of his poetics are not plentiful. Although the poetics of Bai Ciou has only been integrated into the book of modern poetics, published in 1972, Three brush and reprint, can prove that for decades, this poetic theory of Taiwan modern poetics great influence, not inferior to its famous poem. The theory of modernity and creation, modern poetics and poetic history not only have the significance of the times, but also are one of the important works of poetics in the history of Taiwan modern poetry.

By contrasting the works of Gu Hui-hsin's new book, "The Poetic Circle of Air—Collection of Bai Ciou Poems" (Taichung City Cultural Affairs Bureau publication, 2015. 12), it can be found that since 1991 "observation imagery", so far, New works published, however, "observation image" of which seven poetics, but with the "modern poetic theory" repeated included. Therefore, based on the new edition of "Modern Poetic Theory" in 2005, this paper, supplemented by the other poems published by Bai Ciou, hopes to be able to clarify the various points in Bai Ciou's poems systematically on the basis of these documents. And analyzes the influence and value of Bai Ciou poetics on the development of modern poetry history in Taiwan.

Key words:Bai Ciou, modernism, essence theory, poem history view, language theory, painting character

詩少年
藍星時期白萩詩作探討

劉正偉[1]

摘要

　　白萩從覃子豪主編的《藍星週刊》出發，是藍星初期重要詩友，繼而參加紀弦的現代派，後又加入創世紀詩社，最後參與《笠》詩社詩刊的發起與主編，可說經歷了戰後臺灣現代詩的重要演變過程，是臺灣著名的現代詩人之一。本文從白萩詩路的出發期，主要探討他早期在《藍星》發表與散佚的詩作，以及其得獎詩作、愛情詩「給洛利詩」系列，以及和詩友酬酢往來的贈答詩等，做一次廓清。以補充歷來白萩研究之不足，並提供來者之參考。

關鍵詞：白萩、現代詩、《藍星週刊》、藍星詩社

1　國立臺北大學、國立海洋大學兼任助理教授。

一、前言

　　二〇一五年十二月，由臺中市文化局出資，小雅文創發行，詩人顧蕙倩執筆，一本關於臺灣著名現代詩人白萩詩與生活傳記的《詩領空：典藏白萩的詩／生活》[2]出版，標誌著詩人在臺中的地位，也彰顯白萩是臺中重要的文化資產。這本書與隨書附贈的影音光碟紀錄片《阿火世界》，也是臺中市文化局的「典藏臺中」計畫之一。「典藏臺中」是一個持續多年的計畫，從多元的層面規劃出版臺中文化藝術領域成績卓越的作家與前輩，以推廣並典藏的臺中人文記憶，其遠見，值得敬佩。

　　白萩（一九三七一），本名何錦榮，臺中市人。一九五五年畢業於臺中商職，曾在臺北、臺中等地經營廣告美術設計公司，曾寓居臺南，現居高雄。白萩在十七歲開始時接觸新詩，先後在《藍星》、《現代詩》、《創世紀》、《笠》、《南北笛》、《新新文藝》等詩刊雜誌大量發表詩作。白萩著有《蛾之死》、《風的薔薇》、《天空象徵》、《香頌》、《詩廣場》、《觀測意象》詩集和《現代詩散論》詩論集。並曾獲吳三連文藝獎、榮後臺灣詩獎、府城文學獎特殊貢獻獎與臺中市「大墩文學獎文學貢獻獎」等殊榮。他曾任《笠》詩社（刊）發起人與主編，並曾擔任臺灣現代詩人協會理事長等職。

　　白萩最早從覃子豪主編的《藍星週刊》出發，算是藍星初期重要詩友，繼而參加紀弦的現代派，後又加入創世紀詩社，最後參與《笠》詩社詩刊的發起與主編。白萩可說經歷了戰後臺灣現代詩的演變，從浪漫抒情到現代主義到超現實主義，最後到本土關懷的寫實主義等各種流派的實驗、創作與評論之經歷，難能可貴。

　　張愛玲曾說：「出名要趁早呀！來得太晚的話，快樂也不那麼痛

2　顧蕙倩：《詩領空：典藏白萩的詩／生活》（臺中：臺中市文化局，2015年12月）。

快。」[3]不過，成名甚早的白萩，從小母親因病纏身而早逝，加上童年與結婚後生活壓力的重擔，見諸其早期詩作文字，其一生過得似乎並不快樂。雖然撰寫白萩的文評與論述甚多，卻多在他幾本詩集與評論上面，就連蔡哲仁的碩士論文《白萩的詩與詩論》[4]，亦多有疏漏之處。這本是無可避免的，因為早期詩人讀者們較無保存概念，加上臺灣多颱風、地震，致使早期史料保存不易。

　　因此，當筆者初步蒐集、整理、釐清早期（一九五四——一九七一）藍星詩社的歷史，並幾乎蒐齊早期藍星詩社全部六種公開發行的詩刊，即《藍星週刊》、《藍星宜蘭版》、《藍星詩選》、《藍星詩頁》、《藍星季刊》、《藍星年刊》，並勉力完成《早期藍星詩史》[5]後，趁此次白萩論文研討會之便，筆者認為有必要就白萩詩路的出發與早期在藍星發表與散佚的詩作，做一次廓清。以補充歷來白萩研究之不足，並提供來者之參考。

二、藍星時期白萩詩作概說

　　一九五〇年初中一年級，十四歲時的白萩原本家境不錯，卻因母親久臥病榻而致家境窘迫，初二時母親更因不明病因而驟逝，對他的生活經濟與身心靈造成重大影響，或許也是他沉浸寫作，尋找心靈寄託與出口的原因之一。當時他平日多利用省立臺中圖書館、臺中商職圖書館等藏書與報刊而自我學習。累積比由日文出發、光復後轉而學習中文的同輩同儕，更多的文字、文學與知識基礎。

　　幾本專論與訪談都說白萩初中三年級十五歲時，開始嘗試寫新詩、散文，在臺中《明聲日報》副刊和學生園地發表，甚至有開散

---

[3]　張愛玲：〈《傳奇》再版自序〉，《張愛玲小說集》（臺北：皇冠出版社，1984年），頁5。

[4]　蔡哲仁：《白萩的詩與詩論》（臺南：國立成功大學臺文所碩士論文，呂興昌指導，2004年6月30日）。

[5]　劉正偉：《早期藍星詩史》（臺北：文史哲出版社，2016年1月）。

文專欄「紫色的花苑」，並量大到可集結成書的說法[6]。但是，相信他的詩作主要是從《藍星週刊》出發的。高一時他經同學蔡淇津介紹，開始投稿在《公論報》另行開闢版面的《藍星週刊》發表作品，也頗獲主編覃子豪賞識，初期幾乎每期都有作品刊登[7]。發表就是鼓勵，對他一生的詩創作之路，助益頗大。白萩在早期藍星詩刊的作品發表時期，可稱爲「藍星時期」。

　　因此，白萩在新詩創作道路上，初試啼聲與學習過程的起步階段——藍星時期，就顯得格外重要。本文將附帶敘述白萩的同學蔡淇津、游曉洋和他的另一筆名「謝婉華」與夫人陳文理在早期藍星時期發表的詩作。後附錄表爲藍星時期白萩發表詩作編目。

　　從附錄「表一」可看出白萩在《藍星週刊》共發表九十一首詩作和兩篇論述；在附錄「表二」《藍星宜蘭分版》發表三首詩作；在附錄「表三」《藍星詩選》發表〈給洛利詩：（一、二、三、四、五）〉五首詩作；在附錄「表四」《藍星季刊》發表一篇論述。因此，白萩在早期藍星詩刊共發表九十九首詩作與三篇論述。如果艾笛不是以印度詩人泰戈爾《漂鳥集》的短詩手法，寫作大部分爲四行左右的「愛的禮讚」小詩系列，那麼白萩將是全部《藍星週刊》發表最多詩的作者[8]。

　　從附錄表可看出白萩在藍星時期詩作發表的刊物主編，只有一九五八年六月二十日《藍星週刊》第二百零三期〈愛的點數——給若子〉這篇詩作的主編是余光中外，其餘都是覃子豪。這是值得探究的，可能是詩風或編輯口味的契合，或許覃子豪愛才，也或許是巧合。

　　白萩在《藍星週刊》首發詩作是一九五四年十二月十六日第二十七

6　蔡哲仁：《白萩的詩與詩論》，頁39-40。

7　張默說：「主編覃子豪對白萩十分賞識，故而促使他寫作投稿更加起勁。」參見張默〈站著，一枝入土的椿釘——白萩詩生活〉，收入林淇瀁編選《臺灣現當代作家研究資料彙編‧44》（臺南：國立臺灣文學館，2013年12月），頁187。

8　附表內資料來源，皆取自拙著《早期藍星詩史》附錄之早期藍星詩刊各期編目。

期的〈悼〉一詩，也就是《藍星週刊》在該年六月十七日創刊的半年後。從此，他密集地在《藍星週刊》上發表詩作，直到一九五七年一月二十五日第一百三十四期止，都算是在藍星發表的高峰期[9]。

　　而白萩在紀弦主編的《現代詩》首發是一九五五年二月春季號，第九期的〈鐘和雕像〉、〈我與星〉、〈銅像〉、〈窗〉、〈影子〉、〈新年〉、〈魚市〉七首，總計他在四十五期的《現代詩》，也不過發表二十首詩。白萩在《創世紀》首發則是一九五五年六月，第三期的〈雕像〉。由此可知，白萩在早期臺灣三大現代詩刊發表作品，最早是從《藍星週刊》開始的，數量也是最多的。

　　試看白萩在《藍星週刊》第二十七期的首發詩作〈悼〉：

　　　朋友，朋友，親愛的朋友，
　　招魂的號角在你墓上死寂的空間響起，
　　淒涼的鳴聲驚抖了周圍離離的雜草；
　　但你另一個夢中的遊歷者呀，為何不歸？

　　生命之舟覆沒於風雨的海上；
　　詩笛被遺忘在死亡的黑谷；
　　著魔的雄心被時間之箭射落；
　　　　但它們都曾燦耀過，飛揚過……

　　朋友，朋友，親愛的朋友，
　　招魂的號角在你墓上死寂的空間響起，
　　淒涼的鳴聲驚抖了周圍離離的雜草；
　　但你另一個夢中的遊歷者呀，為何不歸？

9　白萩：〈悼〉，《藍星週刊》第27期（1954年12月16日）。

一堆火，曾燃光窒息的煉獄；

一朵花，曾開向三月紅豔的春天；

一串足跡，曾印於茫茫的雪地上；

而今，火息，花凋，足跡亦被埋沒……

朋友，朋友，親愛的朋友，

招魂的號角在你墓上死寂的空間響起，

淒涼的鳴聲驚抖了周圍離離的雜草；

但你另一個夢中的遊歷者呀，為何不歸？[10]

　　白萩在《藍星週刊》的首發詩〈悼〉，分五段二十行，從篇章結構與形式特色來說，章節的安排與一、三、五段的重複出現，頗有《詩經》古典抒情與重章疊詠的特色，亦有些新月派的餘韻。就主題與內容來說，〈悼〉詩言朋友，是真有其人或是想像假設的自悼自傷託夢言情詩，不可考。但就主題修辭與結構來說，在當時的現代詩發展的情境上來說，這首詩算是還不錯。

　　白萩曾自述他有另一筆名「謝婉華」，其立意是想追求的臺中女中一名女學生，而取其同名想引起她注意的手法[11]。如此，白萩以筆名「謝婉華」發表在《藍星週刊》的詩還有：四十一期的〈布穀鳥〉、四十八期「山中的清晨外一章」：〈山中的清晨〉、〈椰樹〉、四十九期〈夜航〉、五十期〈睡了的城市〉、五十一期〈朝音在呼喚〉、五十四期〈雨〉等七首，加上前述表列，白萩在藍星時期發表的詩作應為一百零六首。在當時男詩人取用女性筆名的大有人

---

[10]　白萩：〈悼〉，《藍星週刊》第27期（1954年12月16日）。

[11]　白萩自言政治與愛情，是他詩中很重要的兩部分。也自承年輕時很風流，追過不少女孩子。
　　　參見蔡哲仁：《白萩的詩與詩論》，頁31、206。

在，如余光中就曾取「聶敏」名在《藍星詩頁》發表作品。

試看謝婉華的首發詩〈布穀鳥〉：

有如邱比特箭簇的施虐＼
你又在我心靈的枝上，催我播種

囚在金籠的青鳥，已被他冷酷的霜雪凍僵
豐孕的種子亦已枯萎，而你卻說：
「原野如海，陽光如酒」

有如邱比特箭簇的施虐
你又在我心靈的枝上，
催我播下痛苦的愛情的種子[12]

謝婉華的〈布穀鳥〉詩，分三段八行。人不輕狂枉少年，少年情懷總是詩，從詩中分析白萩以欲追求的「謝婉華」當筆名，寫出〈布穀鳥〉，用布穀鳥催促播種的意象，欲打動芳心播下愛情的種子。然而，女方似乎無意，因而被其「冷酷的霜雪凍僵」，郎有情妹無意的結果，詩人苦苦追求，愛神卻「有如邱比特箭簇的施虐」，可見其方法是高招的，結果是痛苦的。行諸於詩，可為其年少的愛情軼事，添筆浪漫。

前述白萩臺中商職高一時經同學蔡淇津介紹，開始投稿到《公論報》上的《藍星週刊》，而蔡淇津的確又比白萩更早在《藍星週刊》發表作品，他在一九五四年八月二十六日的第十一期，就首先發表小詩〈詩〉、〈殘燈〉二首詩作，總計他從第十一期到一百一十期在《藍星週刊》共發表了五十三首作品。

---

12 謝婉華：〈布穀鳥〉，《藍星週刊》第41期（1955年3月24日）。

　　白萩的另一個臺中商職同學游曉洋，卻是更遲至一九五七年一月
十一日《藍星週刊》第一百三十二期，以〈出發〉一詩開始發表作
品，至二百零七期結束，也不過發表了十五首詩作而已。至於大白萩
兩歲的國校學長趙天儀，在《藍星週刊》首發是一九五五年九月九日
六十五期的〈一封未寄的信〉，到一百一十八期共發表十首詩作，加
上《藍星宜蘭分版》七首、《藍星詩頁》二首，趙天儀在早期藍星詩
刊共發表十九首詩作[13]。

　　白萩夫人陳文理女士，雖與瘂弦、向明、麥穗、藍雲、小民等人
是覃子豪中華文藝函授班第一期學生，但是她以本名以及「文理」
為名發表在《藍星週刊》的詩作更少，分別是：六十九期的〈小
舟〉、八十期〈無題〉、八十一期〈心聲〉、八十五期〈黎明的前
奏〉、九十八期〈給芳〉五首而已。

　　試看陳文理在《藍星週刊》的首發詩〈小舟〉：

　　　　海底有真珠，
　　天空裡有星星。
　　我心的深處，
　　蘊藏著一顆童貞。

　　孤行的小舟，
　　傍徨在大海的霧裡，
　　是停泊！或是前進！

　　濃霧重重的港，
　　瀰漫著空虛，

資料來源，請參看劉正偉《早期藍星詩史》附錄之早期藍星詩刊各期編目。

　　　小舟呀！如何辨認方向[14]！

　　從陳文理的詩〈小舟〉，我們可以讀出少女徬徨、空虛與寂寞的心，將自己比喻成一隻孤行的小舟，「徬徨在大海的霧裡」不知如何辨別方向之徬徨無助感，躍然紙上，詩單純而質樸。

三、從白萩得獎談起

　　白萩在《公論報‧藍星週刊》發表作品不久，即被覃子豪推薦以一九五五年四月二十八日第四十六期發表的〈羅盤〉一詩，獲得「中國文藝協會詩人獎」與新臺幣一百元獎金。同獲覃子豪推薦的還有小白萩一歲，本名胡雲裳的林泠（一九三八─）。林泠的〈不繫之舟〉刊登一九五五年六月二日第五十一期的《藍星週刊》，不僅入選如張默編的《剪成碧玉葉層層──現代女詩人選集》等各種詩選，還與鄭愁予的〈錯誤〉一同入選高中國文第六冊的現代詩選讀等。

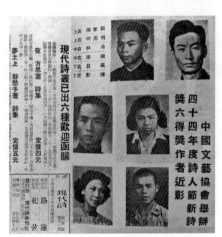

圖一：《現代詩》第11期（1955年8月秋季號）封面裡，六位得獎者。

---

[14] 陳文理：〈小舟〉，《藍星週刊》第69期（1955年10月7日）。

　　上圖一，爲刊在《現代詩》第十一期封面裡的中國文藝協會詩人節新詩獎六位得主照片，可以看出最右下爲當時白萩稚氣未脫的中學生模樣，竟然與林泠一同擠身爲「社會組」的四十四年度詩人獎得主，相信覃子豪在推薦時可能也不知其實際年齡吧！由此可見他們兩個的詩情與天份。

　　試看白萩〈羅盤〉詩第一段：

握一個宇宙，握一顆星，在這寂寞的海上
我們的船破浪前進，前進！像脫弓的流矢
穿過海鷗悲啼的死神的梟嚎
穿過晨霧籠罩的茫茫的遠方
前進啊，兄弟們，握一個宇宙，握一顆星
我們是海上新處女地的開拓者[15]

　　〈羅盤〉詩分五段，每段六行共三十行。〈羅盤〉一詩利用一行之內的停頓造成頓挫有力的節奏感，又以各行句式的重疊和變換強化海洋之上的波濤洶湧，以及駕船前行的豪情，整首詩充滿著年輕人的熱情與對前途光明的願景，頗具現代感。

　　在一九五〇年代現代詩尚在萌芽的階段，許多詩人們多仍爲賦新詞強說愁，而那個啼聲初試的高中少年，卻想「握一個宇宙，握一顆星，在這寂寞的海上」，要鼓舞「我們的船破浪前進，前進！像脫弓的流矢」，好大的口氣與懷抱啊。矢志在生命中的怒濤與風暴中前進，要做「海上新處女地的開拓者」，頗有「初生之犢不畏虎」的架勢。這首詩亦有點戰鬥詩的氛圍，卻無戰鬥詩的文字修辭，不僅迎合

15　白萩：〈羅盤〉，《藍星週刊》第46期（1955年4月28日）。全詩請參看白萩《蛾之死》（臺北：藍星詩社，1959年5月），頁1-2。或白萩《白萩詩選》（臺北：三民書局，1971年7月），頁3-5。

時代氣氛，也具有磅礴氣勢。因此，對學習中文不過七年的白萩，他純熟精鍊的文字魅力，受到詩壇矚目，後成為臺灣現代詩壇的重要詩人。

而慧眼獨具的覃子豪，在《藍星週刊》週年紀念文章中首次讚美白萩：

> 每首詩都有充實的內容、豐富的想像、獨特的手法。他真是做到美國詩人佛洛斯特所謂：「詩之最大目的，在使其每一首詩盡量互不相同。」他新鮮有力的詩句洋溢著他的才華，他是一個極有天才的詩人。……尤以〈羅盤〉一詩，最能代表他的風格，其想像力之豐富、形象之生動、生命力的表現，是詩人中所少見的。[16]

覃子豪在《藍星週刊》週年紀念的這篇占篇幅一半的紀念文章中，介紹了包括白萩、林泠、向明、羅門、黃荷生、羅暉、蔡淇津、一夫（趙玉明）、吳瀛濤等十五位詩人。其中極力推崇白萩和林泠，更首次讚譽他倆為「天才詩人」。

李魁賢在〈七面鳥的變奏──白萩論〉[17]中提及，〈羅盤〉一詩的姐妹作〈待戰歌〉：

---

16 覃子豪：〈群星光耀詩壇──為本刊週年紀念而作〉，《藍星週刊》第53期（1955年6月16日）。而這十五人中包括白萩的筆名「謝婉華」，覃子豪說她是本省籍年輕女詩人……

17 李魁賢：〈七面鳥的變奏──白萩論〉，原刊《笠》第32期（1969年8月15日），後收入林淇漾編選《臺灣現當代作家研究資料彙編‧44》（臺南：國立臺灣文學館，2013年12月），頁131-157。

圖二：〈待戰歌〉詩影[18]

　　〈待戰歌〉這首詩刊登在《藍星週刊》第七十四期，後被收入《中國詩選》，弔詭的是，卻沒收入白萩的詩集《蛾之死》中，或許是時過境遷，主選詩人與作者自選時的立場與心境的差異。

　　李魁賢評〈待戰歌〉說：「這樣慷慨激昂的嘹亮歌聲，充滿了男性雄偉的野心與力量。」又說：「這種表現少年英姿煥發的詩篇，比起今日以歷史材料填充於大量篇幅中卻缺乏戲劇性與史詩格調的戰歌，還要令人感動而引起共鳴。」[19]誠然，「鞭錘呀，鞭錘，我們少年之劍 / 在憤怒的錘下，在嘶吼的浸盆」的確比〈羅盤〉一詩來得更慷慨熱血，更澎湃激昂，且副署寫於四十四年十月十日國慶日，想必是國慶日背後辛亥革命代表的意義，給他當時的啟示或感懷。

四、給洛利詩系列探討

　　白萩自言愛情與政治，是他詩中重要的兩個部分。也自承年輕時

---

[18]　為節省篇幅，所以用圖示。白萩，〈待戰歌〉，《藍星週刊》第74期（1955年11月18日）。

[19]　林淇瀁編選：《臺灣現當代作家研究資料彙編・44》，頁133-134。

很風流，追過不少女孩子。白萩亦曾說：「我的文學生活是現實生活的記錄。」因此，雖然他的生活似乎多是抑鬱的，但仍有許多浪漫熱情的一面，證諸一系列給洛利詩，約略可觀察。

給洛利詩系列參照表：

《蛾之死》詩題	原發表詩題	原發表處
	山與星　給洛利之三	藍星週刊　第133期（1957.1.18）
傘下　給洛利之一	傘下　?	今日新詩　第2期（1957.2.1）
妳仍然為我微笑　給洛利之二	給洛利之一	藍星週刊　第132期（1957.1.11）
燈與影　給洛利之三	燈與影　給洛利之二	藍星宜蘭分版　第2期（1957.2）
燈　給洛利之四	燈　給洛利之四	藍星週刊　第134期（1957.1.25）
我開始無端的哭泣　給洛利之五	我開始無端的哭泣　?	今日新詩　第3期（1957.3.1）
讓我永遠望著妳　給洛利之六	給洛利詩一	藍星詩選　第1期獅子星座號（1957.8.20）
黃昏是如此地空曠　給洛利之七	給洛利詩二	藍星詩選　第1期獅子星座號（1957.8.20）
峰頂　給洛利之八	給洛利詩三	藍星詩選　第1期獅子星座號（1957.8.20）
唉，又是多雨的春天　給洛利之九	給洛利詩四	藍星詩選　第1期獅子星座號（1957.8.20）
種子　給洛利之十	給洛利詩五	藍星詩選　第1期獅子星座號（1957.8.20）

　　白萩詩集《蛾之死》定本四十五首中，給洛利詩的系列聯作從〈傘下〉到〈種子〉共有十首。但從上表「附表五：給洛利詩系列參照表」看，除刊在《今日新詩》[20]兩首原刊安排的系列編號不明外，其餘都發表在藍星詩刊物上。而且，還多了一首〈山與星──給洛利之三〉：

　　　　秋風吹過，閃閃的，我們有了遠古的記憶……

　　　　雖然是第一夜，揭開了遮雲
　　　　我想那該是一段被遺忘的神話
　　　　記否？當山巔的普羅米修士
　　　　在兀鷹的狂嘯中，傲立的增高了山的尺標
　　　　而妳就是他撒落的一撮不熄的光輝？

　　　　千古的埋葬，在循環的歷史中清醒
　　　　我需重拾英雄的偉夢，擷集這散落的遺恨
　　　　在夜的陣前，高舉怒火……[21]

　　白萩〈山與星──給洛利之三〉一詩分三段九行，這首沒有收入其詩集，不知是漏網之魚，還是有不收入的考量？也或許是寫太多情詩了，以至於《蛾之死》內，許多給洛利詩系列與發表時的順序編號都亂了。這首詩用盜火者普羅米修士的典故，宙斯將他鎖在高加索山的懸崖上，每天派一隻鷹去吃他的肝，又讓他的肝每天重新長上，使他日日承受被兀鷹啄食肝臟的痛苦。後來還必須永遠戴一隻鐵環，環

---

[20]　參見蔡哲仁《白萩的詩與詩論》，頁261。
[21]　白萩：〈山與星──給洛利之三〉，《藍星週刊》第133期（1957年1月18日）。

上鑲嵌上一塊高加索山上的石頭，讓他承受永世的痛苦，是個悲劇人物。

而追女仔的白萩在〈山與星──給洛利之三〉，為何用這個典故呢？應該是追得痛苦吧，「而妳就是他撒落的一撮不熄的光輝？」對象是耀眼的，而他是熱情、熱血的，想要表達他熾熱的赤誠。然而，獲得的回應可能不盡如意，「我需重拾英雄的偉夢，擷集這散落的遺恨／在夜的陣前，高舉怒火……」，因此山與星的距離是遙遠的隱喻，詩人仍要重拾英雄的偉夢，擷集這散落的遺恨，繼續前進、繼續努力追求，可謂有不屈不饒的精神。

其他給洛利詩系列是否只有《蛾之死》內十首，仍有待繼續考證。但是這十首給洛利系列詩，仍多獲好評，例如李魁賢說：「給洛利詩的十首聯作裡，詩人以細膩的筆調謳歌著愛情。」趙天儀說：「這組十首情詩，充分表現他對愛情的執著，他的情詩除了愛的傾訴外，有閃爍的意象加以烘托。」白萩說：「青年的詩表現愛的企求。」[22]他在岩上〈雁的飛行──詩人白萩訪問記〉中說：「寫《蛾之死》的階段雖然語言、技巧不是非常熟練，但它代表了我年輕時代感情苦悶交織的作品。」

因此，白萩重組給洛利詩系列的十首順序，編入《蛾之死》，應該有其一定的安排、心境與脈絡可循。《蛾之死》給洛利詩依序是〈傘下〉、〈妳仍然為我微笑〉、〈燈與影〉、〈燈〉、〈我開始無端的哭泣〉、〈讓我永遠望著妳〉、〈黃昏是如此地空曠〉、〈峰頂〉、〈唉，又是多雨的春天〉、〈種子〉等十首。

〈傘下〉詩分五段十三行，行數有些是偏長的，例如首段：「風雨大了。洛利，別怕，在一個傘下，我們永遠聯繫。像一朵花，掩遮著兩枚嫩葉。」但是次段：「緊緊擁抱著吧，生命的根枝呵，用信念

---

22 李魁賢、趙天儀、白萩語，見林淇瀁編選：《臺灣現當代作家研究資料彙編・44》，頁140、174。

的葉蒂。」彷彿是戀情追求的初始，用熱切的期盼，似乎一切都充滿著希望。

　　從〈妳仍然爲我微笑〉、〈燈與影〉到〈燈〉，似乎是戀情的試探、折衝與磨合期，如〈燈〉末段：

> 而留給我的是一份旅人的寂寞，在這裡
> 一線光輝從我腳下的路照起
> 直到妳那遠遠棲止的末端
> 為我照耀，為我燃燒，為一個欣賞者
> 妳就等待擁抱，當飛蛾向光焰中覓求安息……

　　從詩中看來，愛戀的追求似乎並不順利，如果愛是苦悶的飛蛾撲火，尋求「安息」，或許只是詩人一個人的企求罷了。由詩中，我們可以讀到詩人心境的轉變與企盼。從〈我開始無端的哭泣〉、〈讓我永遠望著妳〉、〈黃昏是如此地空曠〉、〈峰頂〉到〈唉，又是多雨的春天〉，詩中心境的轉折頗大，如〈峰頂〉末段：「傍著曙光，妳是一朵入夢的菫花／在峰頂。何須理會那偶然的陰影／把頭扭過，又背我偷偷地哭泣？」，從「我開始無端的哭泣」，所遇到的阻礙與陰影無法想像，才會不時「背我偷偷地哭泣」，最後唉嘆「又是多雨的春天」，詩中隱喻不言可喻。

　　《蛾之死》給洛利詩系列最後一首是〈種子〉，試看其末段：

> 我感覺那痛楚，深入又深入的痛楚
> 我感覺那舒適，蔭覆的舒適
> 然而，愛呵，我喜悅這生長的一切

　　妳使我感覺存在，有著夢和期望的存在[23]

　　種子代表的是生命的期待與新生的希望，〈種子〉詩首行「選擇在這裡生長，在我心裡」，妳在我心裡埋藏的種子，編織的夢與結局，不會因為結束而結束，會在我的心裡隨著時間持續成長、茁壯。我想這就是年少時初戀，或者是純純的愛，所帶來的魅力與成長經驗吧！

　　給洛利詩系列是否為白萩給其夫人陳文理女士的情詩系列呢？或也可能另有她人。但陳文理是覃子豪當中華文藝函授學校新詩班主任時第一期的學生，可能比白萩還早習詩，相信仍有習作刊於《中華文藝》等雜誌。住在臺中的白萩與住臺南的陳文理，他們或許通過《藍星週刊》而交往，一定有非常多魚雁往返、浪漫追求的故事，無論如何，都是值得挖掘的。因為，愛情在人生當中何其可貴，當時的境況應為美好的回憶[24]。

五、贈答詩探討

　　贈答是自古即有的題材，贈答詩常以真摯的感情、雋永的意味，來表達對朋友的關懷之情，提供人際往還溝通的美學形式，是文士階層以詩作相互酬贈與交遊的作為。

　　藍星時期的白萩，在《藍星週刊》發表作品，也認識不少相濡以沫的詩友。最基本的詩友就是同學蔡淇津與游曉洋，再來是國校大兩

23　全詩請參看白萩：《蛾之死》（臺北：藍星詩社，1959年5月）；或白萩：《白萩詩選》（臺北：三民書局，1971年7月）。

24　據陳文理女士回憶：「民國五十一年愚人節，因我懷孕，他才勉強和我結婚……」及後來三年生三子的辛苦及其生病、家具公司結束等等，不在此討論之列。陳文理〈我的丈夫白萩〉，《笠》139期（1987年6月15日），頁66。參見蔡哲仁：《白萩的詩與詩論》，頁34。

屆的學長趙天儀，以及在《藍星週刊》發表的作者群。因此，他們互相酬酢往來，也寫了不少贈答詩，在重回當時的情境，這些贈答詩充滿的感情，反而更有意義。

　　從本文附表一《藍星週刊》的〈燈——給莯漪〉、〈寄D〉、〈禁果——給S〉、〈給趙天儀〉、〈寄向明〉等，到附表三的《藍星詩選》可看出白萩在藍星時期的藍星刊物發表的贈答詩，加上前述給洛利詩系列的九首，大概共有二十三首。從白萩總共發表九十一首詩作的比例來算，大概占四分之一左右，是謂可觀。

　　本節挑出白萩此時期的幾首具有意義的贈答詩，來分析其內涵，例如〈燈——給莯漪〉：

> 燃著青焰的油燈呀，妳的火舌
> 在風裡跳著誘惑的舞姿，狂烈而迷醉
> 而我老是用一對美麗的翅膀飛翔的
> 一隻盲目的愛情的小飛蛾
>
> 把這撲捉感情已久的倦怠的軀體
> 和鍍著三年美夢的飛揚的翅獻給妳吧
> 燈啊，即使那無情的火焰燒焦了我的生命
> 和躺在妳腳下的灰燼了的藍色的夢
> 但我愉悅這暴烈的痛苦
> 願瘋狂於青春之火上的痛苦
> 勝於那保持一段距離，煩惱的撩繞的忍受
>
> 我的生命呀，為這短暫的燃燒而安息吧
> 即使這是痛苦，但如果少了這個的話

那你將平凡，垂掛的葡萄永不成熟[25]

　　白萩這首在三十六期刊登的〈燈——給蒅漪〉，應該是其在《藍星週刊》最早發表的一首贈答詩，也是他高二年紀剛在《藍星週刊》起步不久。這首應該是寫給名叫「蒅漪」女生的情詩，詩中首兩行即用「燃著青焰的油燈呀，妳的火舌／在風裡跳著誘惑的舞姿」，以傳神的比喻來形容這個青春美麗的女生，使他狂烈而迷醉，「酒不醉人人自醉」或許情人眼裡出西施吧。而他卻是「一隻盲目的愛情的小飛蛾」，以飛蛾撲火的意象來比擬自己熱烈的追求。第二段更極盡描繪之能事，「即使那無情的火焰燒焦了我的生命」，化為灰燼亦在所不惜。第三段則稍收斂情感，「即使這是痛苦」的，我也要如飛蛾撲火般去愛，去燃燒。白萩這首詩的意象分明、情感澎湃而詩質凝練，現今仍可稱為佳構，誰會想到是出自一個詩少年中學生之手？

　　〈禁果——給S〉的詩題引人注目，S想必是女生的代名：

命運的道路是一條誘惑的蛇，你知道
而我是偶然走過的渴者

宇宙的跑馬場
孤獨的讓我□□太陽奔馳……
追問一片胸骨的去蹤
上帝舉起閃電的手臂
遙指高原上一遍的禁果

[25]　白萩：〈燈——給蒅漪〉，《藍星週刊》第36期（1955年2月17日）。

命運的道路是一條誘惑的蛇，你知道
而我是偶然向你走過的渴者[26]

　　〈禁果——給S〉以亞當（Adam）跟夏娃（Eve）在伊甸園被蛇
誘惑而偷嚐禁果的典故寫就，白萩以暗示的手法寫道：「上帝舉起閃
電的手臂／遙指高原上一遍的禁果」，暗示禁果（對象）很多，淡然
地寫下「而我是偶然向你走過的渴者」，偶然不是專程而是充滿隨緣
的意思，意思是妳要就來交往之意。充滿才情與知識的白萩，以浪漫
的手法與典故，在高中時寫下這首〈禁果——給S〉追女生的情詩，
即展現其早熟的詩情與才華。

　　白萩在《藍星週刊》第九十五期還有以「友情的箋葉」爲名發
表：〈給彭捷〉、〈給趙天儀〉、〈致林郊〉、〈寄向明〉、〈告金
池〉、〈給蔡淇津〉、〈懷楚風〉、〈贈曉洋〉等八首詩[27]，這八人
都是當時常在《藍星週刊》發表作品的詩友。舉幾首來看亦可看到他
們情感的流動，例如〈給趙天儀〉：

世俗像一片黑色的森林
你是提著綠燈的流螢

卑視晚鐘聲裡沙沙哭泣的落葉
蟄伏著，默數時間的空隙，不是冬眠

啊，當夜空的紫星尚未投射一份微笑
你說：讓我倆騎楊喚留下的童話的白馬

26　白萩：〈禁果——給S〉，《藍星週刊》第66期（1955年9月16日）。

27　白萩：「友情的箋葉」〈給彭捷〉、〈給趙天儀〉、〈致林郊〉、〈寄向明〉、〈告金
　　池〉、〈給蔡淇津〉、〈懷楚風〉、〈贈曉洋〉，刊《藍星週刊》第95期（1956年4月13日）。

　　趙天儀是白萩臺中師範附屬小學時熟悉的大兩屆學長，曾同是代表學校的書法選手，他們當時都住附近，也一直維持著很好的友誼。這首詩只有三段六行，當時的贈答詩，大部分是純友誼的流動，多談及彼此的詩作或當時的情境，單純而美好。趙天儀曾任臺灣省兒童文學協會理事長，積極推動國內兒童文學的創作和交流，從白萩這詩中約略可以看出當時趙天儀即有喜歡童話的訊息。

　　而趙天儀在三期後的《藍星週刊》亦發表〈覆白萩〉一詩回贈：

白馬尚未騎穩
別揮舞你催趕的鞭子
當馬跳躍，仰天嘶鳴
啊，危險，我不曾把牠馴服

讓你先騎罷，配著你的少年之劍
帶著你的筆和笛
去開拓理想的兒童的詩園
去尋覓你隱藏的戀

青鳥的翅膀已逐漸地豐盈
伊甸園的禁果已逐漸地鮮紅
莫躊躇，吹起你的詩笛
豪邁地，奏一支西班牙風的森林小夜曲

騎罷，白萩，帶著你的筆和笛
配著你的少年之劍
夜來的風雨聲中

　　　　我將諦聽你出發的蹄聲得得……[28]

　　〈覆白萩〉後來收入趙天儀《果園的造訪》詩集中，這本集其中
學到大學時的創作，有初戀的純情及童話的想像與憧憬。這首詩是以
〈給趙天儀〉詩中所提的白馬意象起始。詩中的「少年之劍」不正是
詩少年白萩〈待戰歌〉裡：「鞭錘呀，鞭錘，我們少年之劍」的意象
嗎？詩笛、筆、戀，也是白萩當時的形象或追求的。因此，趙天儀這
首回應的贈答詩：「騎罷，白萩，帶著你的筆和笛」，大有詩路上你
先奔跑的意涵與期許。

　　再看白萩〈寄向明〉、〈給蔡淇津〉、〈贈曉洋〉三首短詩：

　　　　不希冀花的百彩，你透明的「簷滴」呵
　　　　我再聽不見「瀑布」的激奮，「碎石」的堅貞

　　　　傲立於黎明前端的一片頑強的雲彩
　　　　怎麼也急於高飲朝陽的豔紅？

　　　　雕圓那一份崢嶸的音樂，像晶瑩的朝露
　　　　自能用透明析出陽光的七彩……　　　　　　——〈寄向明〉

　　　　不斷地噴射的是你詩的動脈。如噴泉
　　　　在湖面的綠鏡打起一把銀傘
　　　　向月光索取物體的影子

28　趙天儀：〈覆白萩〉，《藍星週刊》第98期（1956年5月4日）。亦收入其《果園的造訪》詩
　　集中。

　　唉，單純的形象是麻痺感官的鴆酒
　　透過感覺交錯的夜森林
　　請向葉隙間的一顆星仰首低唱……　　──〈給蔡淇津〉

　　自遠方騰起的旋風像一枝頂天的黑柱
　　你卻誤以為荒野偶然飄起的煙

　　先讓朝陽把海織成葡萄色的絨氈
　　乳鷗呀，然後入夢孕育與風雨飛博的雄心──〈贈曉洋〉

　　白萩〈寄向明〉、〈給蔡淇津〉、〈贈曉洋〉三首詩，除贈詩友
同學外，主要是以他們在《藍星週刊》互相讀彼此的詩而熟稔，如
〈寄向明〉就以其詩題形象回應向明的形象與對其的印象。〈給蔡
淇津〉、〈贈曉洋〉兩首詩，則比較多彼此更熟悉的內心情感的流
動，與彼此互相鼓舞打氣的意味。而艾笛（張作丞）也在《藍星週
刊》的一百零五期的「懷念草」，寫一首〈致白萩〉：

　　你是星群中閃亮的一顆，我躲在閃亮裡
　　星與星往往是不相識的，
　　不為你的亮度投以妒嫉之眼，
　　因慣於自己的寂寞……[29]

　　艾笛在〈致白萩〉中推崇白萩「你是星群中閃亮的一顆」，可見
當時白萩的詩在《藍星週刊》詩友心目中的地位是閃亮的。雖然他們
往往是沒見過面不相識的，而多透過通信或刊登的詩而認識。當時的

---

[29] 艾笛：「懷念草」〈十、致白萩〉，《藍星週刊》第105期（1956年6月22日）。

詩人多由模仿出發，「不爲你的亮度投以妒嫉之眼」，多不會計較名利，反而是互相激勵鼓舞、相濡以沫爲多。因爲在通訊不發達、聯繫不便、物質匱乏的時代，閱讀市場反而蓬勃，人們的心靈雖然孤獨寂寞，卻也因文學而充實。而其時手工書寫的年代，贈答詩更能彰顯與記錄這些友情的可貴。

六、結語

白萩早期的作品重視語言與技巧的鍛鍊，富個人主義情調和浪漫色彩，兼具現代主義的冷凝、理性的實驗精神，和寫實主義的批判現實、觀照人生的精神。而愛情和政治，一直是他詩中重要的兩大主題。

白萩說：「已存在的美，對於尚未誕生的美是一種絕大的壓力與考驗。如果，不能超越與打破此種束縛，則新的美將無以出現。」[30] 也就是說要不斷打破自己的過去，不斷超越自我。

商禽談白萩時說：「中年一代的詩人有獨特的生活經驗，其中包含了詩人自己忍不住的生命，這是無法模仿的。生命是無法模仿的！」[31]白萩是自覺型的詩人，也是智慧型的詩人。他的知識與智慧，是從小在圖書館與閱讀上累積；他的知性與冷凝，源於從小生活與生命遭逢的困頓與苦悶。「生命是無法模仿的」，但是創作可以從模仿出發而加以超越；生活的困頓與生命的苦悶無法選擇，卻也可以用文學與創作超越。一切都源於人心的自覺。

藍星時期的詩作持續發表與得獎的鼓舞，與詩友的相濡以沫、良性競合之情，對白萩習詩起步時期，著實有莫大的助力與鼓舞。

---

30 白萩：《蛾之死‧後記》（臺北：藍星詩社，1959年5月），頁67-75。

31 林亨泰主持，蔡珠兒記錄：〈白萩詩集「詩廣場」討論會紀實〉，資料來自《現代詩復刊》七、八期。

〈詩少年——藍星時期白萩詩作探討〉因筆者撰寫出版五百四十二頁的《早期藍星詩史》，趁此次白萩研討會之便，讓少年白萩在藍星時期更多早期詩的史料出土，亦可謂一舉兩得與意外的收穫。

　　經本文的爬梳，我們從而得知更多詩少年白萩中學生時代、青春期賀爾蒙發達時期的白萩，苦悶的心情、熾熱的情感、詩情之充沛、想像力之豐富與創作力之旺盛，交織雜揉而成就了白萩一生詩情勃發的起步時期。

參考書目

藍星詩社主編：《藍星週刊》第1期至第211期（臺北：藍星詩社，1954年6月17日至1958年8月29日）。

藍星詩社主編：《藍星宜蘭分版》第1期至第7期（宜蘭：宜蘭青年月刊社，1957年1月至1957年7月）。

紀弦主編：《現代詩》第1期至第45期（臺北：現代詩社，1953年2月至1964年2月）。

張默主編：《創世紀詩刊》第1期至第10期（左營：創世紀詩社，1954年10月10日至1958年4月）。

覃子豪主編：《藍星詩選》第1期至第2期（臺北：藍星詩社：1957年8月20日至1957年10月25日）。

白萩：《蛾之死》（臺北：藍星詩社，1959年5月）。

白萩：《白萩詩選》（臺北：三民書局，1971年7月）。

林淇瀁編選：《臺灣現當代作家研究資料彙編・44》（臺南：國立臺灣文學館，2013年12月）。

蔡哲仁：《白萩的詩與詩論》（臺南：國立成功大學臺文所碩士論文，呂興昌指導，2004年6月30日）。

劉正偉：《早期藍星詩史》（臺北：文史哲，2016年1月）。

顧蕙倩：《詩領空：典藏白萩的詩／生活》（臺中：臺中市文化局，2015年12月）。

附錄表一　白萩《藍星週刊》發表目錄

期數	日期	詩作（論述）名稱	主編
27	1954.12.16	悼	覃子豪
28	1954.12.23	帆影	覃子豪
29	1954.12.30	椰窗夜吟：（靜靜的椰窗、夜雨、椰樹和霜月）	覃子豪
30	1955.1.6	謳歌四章：（我與星、飛蛾、歷史、落葉）	覃子豪
31	1955.1.13	輓歌	覃子豪
32	1955.1.20	大地。生命	覃子豪
33	1955.1.27	花山	覃子豪
34	1955.2.3	水果攤前	覃子豪
35	1955.2.10	金魚又一章：（金魚、死滅的慾望）	覃子豪
36	1955.2.17	燈——給菉漪	覃子豪
37	1955.2.24	詩三首：（數念珠、回憶、晚秋）	覃子豪
38	1955.3.3	我將焚燬妳心中的舊羅馬	覃子豪
39	1955.3.10	埋葬	覃子豪
40	1955.3.17	霧	覃子豪
41	1955.3.24	珍珠篇：（蜘蛛、希望、黃昏、雕像）	覃子豪
42	1955.3.21 (31)	海的構圖：（錨、島、雨、貝殼、港夜）	覃子豪
43	1955.4.7	詩二首：（寄D、靜物）	覃子豪
44	1955.4.14	告別	覃子豪
46	1955.4.28	羅盤	覃子豪
48	1955.5.12	露在草上	覃子豪
50	1955.5.26	詩三首：（藍星、尋覓、離別）	覃子豪
51	1955.6.2	祈禱兩章：（五月之歌、影子）	覃子豪
52	1955.6.9	生日	覃子豪

期數	日期	詩作（論述）名稱	主編
53	1955.6.16	祝	覃子豪
54	1955.6.24	歸來外一章：（歸來、九行）	覃子豪
56	1955.7.7	遠方	覃子豪
57	1955.7.14	歸航曲	覃子豪
62	1955.8.18	藍夢輯：（小城、歸去、夜窗）	覃子豪
64	1955.9.2	夜泊	覃子豪
65	1955.9.9	落日	覃子豪
66	1955.9.16	藍夢輯(二)：（禁果——給S、圓心）	覃子豪
67	1955.9.23	藍夢輯(三)：（紗輪、夜禱）	覃子豪
68	1955.9.30	詩二首：（錯誤、幻滅）	覃子豪
70	1955.10.14	秋夜	覃子豪
74	1955.11.18	待戰歌	覃子豪
76	1955.12.2	虹	覃子豪
78	1955.12.2	瀑布	覃子豪
81	1956.1.6	瀰和之歌——慶羅暉兄和憶雯姊結婚而作	覃子豪
86	1956.2.10	遇	覃子豪
89	1956.3.2	囚鷹	覃子豪
91	1956.3.16	兩弦琴：（呈獻、島）	覃子豪
95	1956.4.13	友情的箋葉：（給彭捷、給趙天儀、致林郊、寄向明、告金池、給蔡淇津、懷楚風、贈曉洋）	覃子豪
97	1956.4.27	三弦琴：（夜海、落葉、海鷗）	覃子豪
99	1956.5.1	觀仰	覃子豪
100	1956.5.18	論述：「隱藏的奧義：藍星發刊百期紀念有感而作」	覃子豪
104	1956.6.15	等待	覃子豪

期數	日期	詩作（論述）名稱	主編
106	1956.6.29	生辰自吟：（感恩——給母親、致生命的黑驢）	覃子豪
108	1956.7.13	憤怒篇：（金絲雀、可悲的祭獻、致石像）	覃子豪
111	1956.4.27	論述：「論詩的想像空間」	覃子豪
112	1956.8.10	夜禱	覃子豪
123	1956.11.2	蘆葦	覃子豪
132	1957.1.11	給洛利之一	覃子豪
133	1957.1.18	山與星——給洛利之三	覃子豪
134	1957.1.25	燈——給洛利之四	覃子豪
203	1958.6.20	愛的點數——給若子	余光中

附錄表二　白萩《藍星宜蘭分版》發表目錄

期數	日期	詩作（論述）名稱	主編
1	1957.1	拾舊輯（二首）：永恆的懷念——獻給母親、詩集	覃子豪
2	1957.2	燈與影——給洛利之二	覃子豪

附錄表三　白萩《藍星詩選》發表目錄

期數	日期	詩作（論述）名稱	主編
1獅子星座號	1957.8.20	給洛利詩：（一、二、三、四、五）	覃子豪

附錄表四　白萩《藍星季刊》發表目錄

期數	日期	詩作（論述）名稱	主編
4	1962.11.15	論述：「抽象短論」	覃子豪

Poetry youth: exploration on the poetry of Pai Qiu in the Blue Star Period

Liu Cheng-Wei

Abstract

Pai Qiu, started from "Blue Star Weekly" which Chin, Tzu Hao was the editor-in-chief, was an important member in the early period of Blue Star. He then joined the Modernist founded by Ji Shuan, and later participated in the establishment of "Li" Poetry Society and became the editor-in-chief of Li Poetry Journal. He had experienced the crucial process of post-war modern poetry development in Taiwan, and is one of the well-known poets of modern poetry in Taiwan.

This article begins from the developing period of Pai Qiu's poetry style, mainly exploring his early works published in Blue Star, lost works, award-winning works, love poems in the "Poem For Lory" series, and gift poems for fellow poets all at once. In additions, this article acts as a supplement to compensate for the shortage and leakage of the research on Pai Qiu through the years, and a reference for readers to come.

Keyword: Pai Qiu, modern poetry, "Blue Star Weekly", Blue Star Poetry Society

一般論文

詩人及其詩謬思：嚴忠政「論詩詩」的理念建構與創作實踐

王文仁[1]

摘要

　　作爲臺灣一九六〇世代重要的學院派作家，嚴忠政（一九六六—）的詩充盈著對創作議題與詩人身分的思考。對再現課題的關注，讀者反應理論的重視，與新詩語言精確的追求，讓他完成臺灣當代「論詩詩」研究，也在詩作中寫下爲數不少的「論詩詩」。文中，主要從「以詩論詩」和「詩寫自我」兩個角度來觀看這些作品。在「以詩論詩」的類別中，他不離脫現實社會的關懷，卻也堅持詩人必須勇於追尋詩語言的創新，並邀約讀者一同開啓對生命與存在的思考。在「詩寫自我」一類中，則游移於多種邊緣角色，以開放而具警醒意義的方式，再現自我的詩人身分。此等，無疑揭示了一位現代詩的辛勤耕耘者，航行在日漸艱困的詩海域，眞誠且嘹亮的呼聲。

關鍵詞：一九六〇世代、嚴忠政、論詩詩、學院派詩人

1　國立虎尾科技大學通識教育中心副教授。

一、前言

　　在一九六〇世代詩人中，曾被譽為「大獎詩人」[2]的嚴忠政
（一九六六一），儼然是臺灣詩壇後中生代詩人裡不可忽視的一道
風景。他曾任警察內勤、廣告文案企劃、補習班班主任等工作，
一九九八年起開始在報紙副刊上發表作品，此後積極投身創作，接
連在二〇〇〇年前後獲得「臺中風華詩獎」、「臺中市大墩文學
獎」、「教育部文藝創作獎」、「中縣文學獎」等。二〇〇二年進
入南華大學文學所進修，並開始在兩大報文學獎上嶄露頭角。先後
獲第二十四、二十五屆《聯合報》文學獎，第二十七、三十屆《中
國時報》文學獎，與第五、六屆宗教文學獎。二〇〇四年，個人首
部詩集《黑鍵拍岸》出版，收錄一九九八至二〇〇三年詩作共五十
首。隔年，完成碩士論文《場域與書寫——新世代詩人書寫走向之研
究》[3]，取得碩士學位後開始在南華大學文學所兼課。

　　嚴忠政在二〇〇六年加入《創世紀》詩社，被前輩詩人莫渝譽為
不可忽視「崛起的新勢力」[4]。二〇〇七年第二本詩集《前往故事的
途中》獲「臺中市籍作家作品集」獎助，由臺中市文化局出版，收錄
二〇〇四至二〇〇七年間共五十五首作品。二〇〇八年，考取逢甲大
學中文系博士班。二〇〇九年第三部詩集《玫瑰的破綻》獲國藝會
補助，由寶瓶文化出版，收錄二〇〇六至二〇〇八年作品共五十五
首。二〇一一年獲國藝會補助詩集創作計畫《海的選擇和遺忘》

---

[2] 林德俊：〈大獎詩人面對面：李進文V.S.嚴忠政〉，《乾坤詩刊》第34期（2005年4月），頁107-111。

[3] 嚴忠政：《場域與書寫——新世代詩人書寫走向之研究》（嘉義：南華大學文學所碩士論文，2004年）。

[4] 莫渝：〈鋪設一條福爾摩沙詩路〉，《臺灣詩人群像》（臺北：秀威資訊科技，2007年），頁432。

（尚未完成出版），二〇一二年臺中市政府文化局出版其文學評論集
《風的秩序文學評述集》[5]。二〇一三年以《臺灣當代「論詩詩」的
後設書寫》[6]爲題，取得博士學位。現爲「第二天文創有限公司」執
行長、逢甲大學兼任助理教授、《創世紀詩雜誌》執行主編。

　　從詩人在詩壇出現的時間來看，嚴忠政雖然遲至三十四歲方才出
發，然而甫一出現卻爆發力十足，不但接連獲得國內文學大獎，且連
續出版三本詩集。詩人好友李進文曾謂，嚴忠政是個不安於現狀的
人，「理論上詩格即人格，他的『叛逆』焦躁理當讓他以飛快的速度
書寫，可是，他卻慢慢地、忍耐地煎熬他的詩，正經如書法，已到了
對文字精神官能的地步」[7]。賴芳伶在評介《黑鍵拍岸》時也讚譽其
「那樣不肯苟且，不許輕佻的寫作態度，一如生死以赴對待生命中唯
一摯愛的人，是非常古典」[8]。然而，會走上文學這條路，最早恐怕
也非嚴忠政的意料之事。在第二十四屆《聯合報》文學獎得獎感言
中，他曾經提到：「國小時我有語言障礙，直到國小六年級都不能
完整唸完一頁國語課本，如果要爲自己的童年下一個標題，我想用
『結巴的咕咕鐘』來調整心境上的時差──在獲知得獎的現在。」[9]
對語言學習的困境，到頭來並未阻止嚴忠政成爲一名創作者，透過
行政警察乙等特考在警局擔任內勤工作時，因熱衷於寫詩而投入文
壇，十年熬一劍的心態讓他的沉潛獲得豐碩的成果。若說這樣過往
的經歷，對他而言有哪些影響的話，那麼就是讓他「對許多制度懷

5　嚴忠政：《風的秩序文學評述集》（臺中：臺中市政府文化局，2012年）。

6　嚴忠政：《臺灣當代「論詩詩」的後設書寫》（臺中：逢甲大學中文系博士論文，2013
　年）。

7　李進文：〈意象的激進份子──評嚴忠政《黑鍵拍岸》詩集〉，《臺灣日報》副刊（2004年
　5月7日）。

8　賴芳伶：〈若遠處的距離等於青春──《黑鍵拍岸》讀後〉，收入嚴忠政《黑鍵拍岸》（臺
　中：綠可出版社，2004年），頁8。

9　嚴忠政：〈得獎感言　結巴的咕咕鐘長出翅膀〉，《聯合報》副刊（2002年9月17日）。

疑，對新的語言更是好奇」[10]。由此，對現實的關懷，對詩語言的追求，乃至於詩創作過程的整體思考，也成為其寫作上的重要特色。

　　綜觀嚴忠政三本詩集，確實很難不注意到詩中無處不在的現實關懷。舉凡遠方國際性的人道事件盧安達種族屠殺、南亞海嘯，近在臺灣的各種社會事件、各種不同階層的心事，都在他筆下一一出現[11]。「海」所代表的藍色意象，也在他的詩作中不斷重複出現，成為連結其生命與創作的體驗，且記載著這島嶼上值得回憶與回眸的一切[12]。至於，「以現實主義為體，現代主義為用，透過別致的心靈節奏與意象，知感交融」[13]，在作品的取材上與「世界」接軌，將詩貫徹在「生活」與「理念」中，也確實是其重要的特色[14]。然而，在嚴忠政的詩創作中，仍有一個主軸不斷牽引著讀者靠近且凝思，那就是在諸多詩作中，充盈著對詩創作議題以及詩人身分的思考。

　　作為一個學院派詩人，嚴忠政對西方哲學與美學涉獵甚深，他深刻體驗到詩語言不僅是意象與隱喻的結構，而是經驗的「內在現實」，是個人意義的再創造。肯認文學是語言的藝術，「是湖濱楊柳的倒影，它未必真實，但反映真實；比起局限於現實的表象，文學甚至更超越真實」[15]。由此，他積極透過論述與寫作建構個人現代與後現代的詩美學。這一點，顯現在他積極撰寫新詩相關的評論，並在碩士期間完成臺灣新世代詩人寫作走向的論述，在博士班時期則更以臺

---

[10] 嚴忠政：〈得獎感言　同登獨木舟〉，《聯合報》副刊（2003年9月22日）。

[11] 陳政彥：〈試論嚴忠政詩中的敘事人稱〉，收入白靈、傅天虹主編：《臺灣中生代詩人兩岸論》（臺北：創世紀詩雜誌社，2014年），頁144-145。

[12] 王文仁、李桂媚：〈旅人的當代抒情──須文蔚與嚴忠政詩作色彩美學析論〉，收入蕭蕭主編：《創世紀60社慶論文集》（臺北：萬卷樓圖書股份有限公司，2014年），頁401-441。

[13] 賴芳伶：〈若遠處的距離等於青春──《黑鍵拍岸》讀後〉，《黑鍵拍岸》，頁7。

[14] 王麗雅：《中部地區後中生代三家詩研究──以李長青、丁威仁、嚴忠政為研究對象》（新竹：新竹教育大學中文系碩士論文，2014年），頁92-93。

[15] 嚴忠政：〈介入雪與猜疑〉，《前往故事的途中》，頁12。

灣當代「論詩詩」作爲研究對象。反映在他的詩作中，也有了不少以詩論詩、論人、論詩之美學的精彩作品。在這篇文章中，我們將聚焦於探討嚴忠政研究與創作上的此種趨向，觀看其如何透過「論詩詩」觀念理路的建立，以及論詩詩作的具體表現，展現其對於詩美學及作用性的思考。

二、嚴忠政「論詩詩」的理念建構與創作趨向

以詩論詩，是古今中外常見的一種批評模式。在西方最早可以追塑到古羅馬詩人賀拉斯（Quintus Horatius Flaccus，前六五一前八）的《詩藝》，但是這部作品實際上比較像是用韻文寫成的詩學雜論，而不是今日我們所理解的純詩。在中國，古典詩中「論詩詩」的寫作傳統，則可追溯到杜甫的〈戲爲六絕句〉。杜甫這組詩作包含六首七言絕句，前三首針對庾信與初唐四傑提出具體的評論，後三首則針對當時的詩壇以及詩的宗旨提出總綱性的論述。六首作品前後相互貫串，呈現詩人對詩歌創作經驗的思考與總結。之後，經由戴復古、元好問等人的推廣與弘揚，進而發展成爲中國文學批評史上的「論詩絕句」傳統[16]。根據學者楊玉成的研究，杜甫之後「論詩詩」在中晚唐大量出現，整體含括了以下幾種類型：一，純粹的後設詩歌，以詩本身爲主題；二，詩人現身說法，自我表述，建構一幅詩人自畫像；三，贈答，涉及寫作、閱讀、評論乃至詩人群體意識；四，詩集、詩卷提詞或發表評論；五，讀後感[17]。他指出，在這樣多種形式的呈現下，「論詩詩」其實是某種以詩歌指涉詩歌的「後設詩

---

[16] 周益忠：〈論詩絕句發展之研究〉，《師大國文研究所集刊》第27期（1983年6月），頁781-910。

[17] 楊玉成：〈後設詩歌：唐代論詩詩與文學閱讀〉，《淡江中文學報》第14期（2006年6月），頁64。

歌」（metapoetry）[18]。

　　楊玉成「後設詩歌」的概念，得益於陳國球。陳國球在〈司空圖《詩品》──一種後設詩歌〉一文中，主要是借用了西方「後設小說」（metafiction）的概念，來說明司空圖《詩品》這樣一種特殊的「論詩詩」型態。他指出，「後設小說」實際上是以小說的型態，向讀者展示小說構成的過程，以及作者對於和小說的形式與功能的看法。這樣的小說，將創作與批評的界限打破，是現代人對小說或文學所做的本體論的反思，也反映了現代人對藝術再現現實信念的懷疑[19]。而「論詩詩」同樣具有此一特點，它既是詩歌，也是對詩歌作品的評論或理論。楊玉成接受這樣的觀念後，進一步做出詮釋：「論詩詩具有高度自覺（self-consciousness），自我反射語言、體製、作者、讀者、傳播、文學建制等問題，可以看作詩歌活動在某種幻設空間的自我展示，詩歌自身的某種濃縮顯影。」[20]

　　楊玉成的研究，針對的是唐代的「論詩詩」；而嚴忠政在《臺灣當代「論詩詩」的後設書寫》中，主要則借用了楊玉成的觀點而有所開展、修正。嚴忠政以爲，臺灣現當代的「論詩詩」，「是一種以詩歌本身爲陳述對象，透過詩人現身說法，指陳其詩、其人、其事，表現爲一種『以詩歌來指涉詩歌』的書寫型態，因此它的出現特別具有語言的『後設』功能，同時也在後設的層面上，有更多的自我意識」[21]。「後設」（meta）的概念，點出了這種書寫型態自我指涉的特性；而所謂的「以詩歌來指涉詩歌」，不只單純僅限於「以詩論詩」的「論詩」之作，凡是「詩寫詩人」，或在內涵上有關詩人的自我再現、評述他人、追悼已故詩人、感懷等人的作品，都在嚴忠政

---

[18]　楊玉成：〈後設詩歌：唐代論詩詩與文學閱讀〉，《淡江中文學報》第14期（2006年6月），頁64。

[19]　陳國球：〈司空圖《詩品》──一種後設詩歌〉，《鏡花水月──文學理論批評論文集》（臺北：東大圖書公司，1987年），頁24-25。

[20]　同註18，頁65。

[21]　嚴忠政：《臺灣當代「論詩詩」的後設書寫》，頁i。

「論詩詩」的界定中。

　　嚴忠政在論文中參考楊玉成上述對唐代「論詩詩」進行的五種分類，並縮減為：「以詩論詩」、「詩寫詩人（我）」、「詩寫詩人（他）」三種[22]。他實際上是把楊玉成分類中的第五種「讀後感」，合併到第三種裡頭去。至於詩集、詩卷提詞或發表評論的這些「論詩詩」，實際也可以被劃入上述的三類中，因此嚴忠政所提出的這個論述框架，確實具有其有效性（validity）。循此，他大量分析了一九四九年之後臺灣的當代詩人。這些詩人包括前輩詩人詹冰（一九二一—二〇〇四）、陳千武（一九二二—二〇一二）、向明（一九二八—）、洛夫（一九二八—）、陳秀喜（一九二九—一九九一）、楊喚（一九三〇—一九五四）等，也包括與他同屬一個世代的李進文（一九六五—）、紀小樣（一九六八—）以及七〇年代詩人鯨向海（一九七六—）、劉益州（一九七七—）林婉瑜（一九七七—）、楊佳嫻（一九七八—）等等。但或是基於自謙的緣故，他並未分析自己的作品，當然也就留下我們可以進一步討論的空間。

　　嚴忠政有多愛在自己的詩作當中談詩？根據筆者的統計，在他三部詩集一百六十首詩作裡頭，有四十一首詩作在內文中出現「詩」這個語彙。這裡頭包含三部詩集的三首同名詩，某些詩作中還重複多次，總計達六十八次（見〈附錄一〉）。其中，《黑鍵拍岸》中有十首，出現二十一次；《前往故事的途中》中共有十二首，出現十八次；《玫瑰的破綻》中有十九首，出現三十九次。儘管，出現「詩」這個語彙的作品不見得就是「論詩詩」，但是一位詩人如此頻繁地在詩中寫「詩」，且有越來越多的趨勢，無疑是相當值得注意的現象。這種在詩行中自覺性地對詩進行詰問、反思、探索的強烈意圖，從詩人詩集中的自序也可以得見一斑。《黑鍵拍岸》一書沒有序言，而《前往故事的途中》的序言裡詩人如此強調自己前後兩本詩集的差異：

22　嚴忠政：《臺灣當代「論詩詩」的後設書寫》，頁14。

> 如果自問，我的上一本詩集《黑鍵拍岸》和這輯《前往
> 故事的途中》有什麼不同，我只能說這是世界的不同，
> 而我做的，就是再次介入他人的故事，或者我自己的故
> 事，特別是另一個隱喻而不見的自己。[23]

　　所謂「世界的不同」，指的是詩人從關注「外在現實」轉為更加
地關注「內在現實」。綜觀這兩本詩集中的作品，《黑鍵拍岸》裡頭
顯然有更多具新聞性與現實性的關懷，諸如一九九八年的華航空難事
件、「九二一」大地震、島嶼上的選舉、臺中市單行道的取消、吳
憶樺事件等，一一進入其觀看和寫作的視野。但是，到了《前往故事
的途中》後，這些傳遞即時與片段性現實的詩作幾乎完全消失，取
而代之的是〈他是我愛上的一名讀者〉、〈存在主義〉、〈讀者反應
理論〉等，從標題上便可看出的思索閱讀與寫作之作。嚴忠政上述揭
示的「介入」一詞，實際上就已說明了詩人在創作上的主觀性與能動
性。

　　這樣一種對詩美學的思考與探索的趨向，到了《玫瑰的破綻》
則又表現的更為明顯。詩集序言中，詩人說：「作為自己的一個讀
者，我等了這本詩集六年。中間雖然出版過《黑鍵拍岸》與《前往
故事的途中》，但總有一些什麼是我不能企及的，或者不是我想要
的。」[24]這所不能企及的，其實就是對「詩」以及語言本質的思考與
反叛。一如這本詩集以「破綻」而不以「綻放」為名，顯現的正是作
者所抱持的這樣一種美學姿態：

> 美感經驗中的「經驗」不單純只是個人過去心智活動的
> 總和，而是一種我們從「活動」中抽繹出來的意義，特

---

[23] 嚴忠政：〈介入雪與猜疑〉，《前往故事的途中》，頁11。

[24] 嚴忠政：《玫瑰的破綻》，頁13-14。

別是對個人的意義，祂存在於個人的意識中。很多時
候，祂是一種「內在現實」，而非「外在現實」，因為
這些現實的不能完美，所以「破綻」意味著，我們必須
去重新審視生命的種種問題。[25]

　　「破綻」的顯露，除了揭示創作不可能眞正的「再現」現實；
同時也意味著詩的完成，有待於讀者參與想像和再創造，進入詩的
「內在現實」去發現文字背後的眞實，與詩人所要傳達、表述或等
待完成的一切。嚴忠政此種開放文本的觀點，顯然來自於以讀者爲
中心的「讀者反應理論」（Reader-Response Theories）。此一理論
重要代表姚斯（Hans Robert Jauss, 1921-）與以哲（Wolfgamg Iser,
1926-2007）都強調意義並非獨立自主的存在，而是由讀者「具體
化」（concreetized）的結果。姚斯指出應該將讀者放在文本中作爲
關照的主體，進行歷史與美學的統合。讀者統合歷史與美學，但在閱
讀的活動中，閱讀的瞬間將與作品創作的瞬間相連結。以哲則強調
「空隙」（gap）的重要性，他認爲讀者能夠藉由文本中的空隙發揮
想像力，加以填補，並在閱讀與填補空隙的過程中，審視自我習慣
的認知，進而發現嶄新的自我[26]。如此一來，意義成了閱讀過程的產
品，讀者不是被動的對作品做出反應，而是主動的參與並創造閱讀與
反饋的經驗。

　　對再現現實的思考，對讀者反應理論的重視，以及對新詩語言精
確的追求與審視，讓嚴忠政完成了臺灣當代「論詩詩」的研究，也
在其詩創作中完成爲數不少的「論詩詩」。若以他所建構「以詩論
詩」、「詩寫詩人（我）」、「詩寫詩人（他）」的分類框架來看
待他自己的作品，我們會發現嚴忠政的「論詩詩」明顯集中在前兩

---

[25] 嚴忠政：《玫瑰的破綻》，頁15。

[26] 簡政珍：《讀者反應閱讀法》（臺北：行政院文建會，2010年），頁27-36。

類，第三類的作品只有〈給即將結婚的R〉[27]、〈童話聽寫簿〉[28]，
等祝賀友人新婚與詩人朋友間的聚會聊天之作。因之，以下我們主要
將從「以詩論詩」、「詩寫自我」兩個部分，來分析嚴忠政這些深具
美學意涵與詩學理念的作品。

三、以詩論詩：嚴忠政詩作中對詩美學的詮釋與思考

　　「以詩論詩」，代表詩人透過詩的形式，試圖創造性地思考、
傳達詩為何物，或傳述自己的詩學理念。此一種類的「論詩詩」是
「純粹的後設詩歌，以詩本身為主題，說明詩為何物或者反射作詩的
行為」[29]。「詩為何物」，很自然地牽涉到詩的本質、詩與存在、詩
的意義、詩的作用性等等；「詩的行為」則會帶出創作（靈感）的契
機、詩語言的運用、寫詩的意義等課題。其牽涉範圍甚廣，卻也顯露
詩人對詩美學的深度思考。嚴忠政這類的詩作經常同時傳達「詩為何
物」與「詩的行為」，他三部詩集的同名作正是如此。首部詩集同名
詩〈如果黑鍵拍岸〉，即運用大量的想像與綿密的海洋意象，表達詩
人航行在詩海域與創作的歷程：

> 燈塔以它日常的週期
> 一支船隊正緩緩靠近陸地
> 那是一個語系，偶爾也聽德布西
> 而我，只是其中一艘
> 像海龜揹負著大海的祕密

---

[27] 嚴忠政：〈給即將結婚的R〉，《黑鍵拍岸》，頁62-63。

[28] 嚴忠政：〈童話聽寫簿——記一群在咖啡館寫詩的友人〉，《黑鍵拍岸》，頁40-41。

[29] 楊玉成：〈後設詩歌：唐代論詩詩與文學閱讀〉，《淡江中文學報》第14期（2006年6月），頁64。

最初，我的水手也賴以遙測的那束
他們相信會有九十九朵浪花必然在岸邊綻放
但光束未曾發現
有些水手在游完十四行之前
已經在魚骸裡壯烈多年。
後來，我開始懷疑，並演算
鷗鳥的鼓翅：一首詩或一個可以撬開遠方的弧度
在一個意象的斜角，終於
我又壓傷手指

誰用快速的琵音奏出月光的閃爍
不是我，我的詩還在海平面以下
有時像礁石，但也可以鮮活如鰓，如果
你願意傾聽
我要大海的祕密——答數。然而
航線已修正向寶瓶的最深處
沒有光害的星野啊，文字特別嘹亮

你來論述我的詩嗎
如果暗潮可以決定洶湧，那是你
撐起海床的脊柱；譬如
如果黑鍵拍岸
那是某種音準，或斷句
擊中

我的胸膛[30]

　　「如果」描繪的是某種生命狀態的假設，表露的也是詩人詩意／
詩藝的想像。「黑鍵」指的是創作者的筆墨，也意指詩人的書寫行
爲；而「黑鍵拍岸」指的正是詩人以鍵盤對文字、對生命發出的鳴
奏。「像海龜揹負著大海的祕密」，表現而出的是詩人面對詩的虔誠
——將自我比喻成海龜，讓詩成爲遼闊的海[31]。

　　詩的第二段，詩人以「水手」來比喻自己書寫時所運用的詩語
言，它們在詩被完成的過程中，不斷被精心地淘汰而陣亡。「鷗鳥的
鼓翅：一首詩或一個可以撬開遠方的弧度」代表詩人在創作的過程
中，不斷想尋找更好的切入事物的角度，或可創造出新意的敘述方
式。「我的詩還在海平面以下」代表仍處於內在醞釀的過程，詩行尚
未眞正浮出海面。「要大海的祕密一一答數」則是詩人對詩藝精湛的
追求。詩的末段，詩人直指「你來論述我的詩嗎」，即是以開放的心
態，希望讀者能夠參與且進入詩人的海域。而末尾琴音的準確，則比
喻震動人心的詩句，不僅擊中寫詩者也擊中讀詩者的胸膛。由此來
看，〈如果黑鍵拍岸〉正是詩人在創作之路出發時，最企盼與凝然的
告白。

　　第二部詩集的同名詩，同時也是第二十七屆時報文學獎評審獎作
品〈前往故事的途中〉，開頭即寫道：「等待的海盜還沒來／夢的侍
者說服了白天，以碇泊的意志／要羊皮與珠寶全都沉入大海——／熄
燈後的書房，冰原千里」[32]。在這裡，「大海」象徵著作品，創作者
透過書寫在文字海中藏匿寶藏，但光是如此尚無法構成故事，還需要

---

[30]　嚴忠政：〈如果黑鍵拍岸〉，《黑鍵拍岸》，頁12-14。

[31]　王文仁、李桂媚：〈旅人的當代抒情——須文蔚與嚴忠政詩作色彩美學析論〉，《創世紀60
社慶論文集》，頁435。

[32]　嚴忠政：〈前往故事的途中〉，《前往故事的途中》，頁58。

冒險、闖關的海盜（即讀者）加入，才能讓整個故事完整。於是，詩人接著說：「以一部詩學相互受洗／小說敘事學則接近告解，你知道的／無論拆成多少章回，那不是完整與否的問題／你知道。其實，我不會讓你知道……」[33]「以一部詩學相互受洗」代表在詩的創作與閱讀過程中，作者與讀者同樣都必須接受詩學的受洗，才能在符號的世界裡頭，找尋到遊戲的鑰匙與密碼。而與詩學相較，小說的敘事學則顯然較爲直白，觸及敘事的原則與故事的架構。「你知道。其實，我不會讓你知道」，指出作者在詩中所創造的世界，並不是要讓讀者直接明瞭地獲取，而是必須在不斷轉換的符徵（signifier）中，找尋多向對應而不是唯一的符旨（signified），創造意義的豐饒與多元。

　　接下來的第二段，詩人繼續拿詩與小說作爲對比，指出在小說裡頭「不死的英雄太累，鄉土又愈走／愈遠，愈走……尺蠖能丈量的憂鬱無法括弧」[34]。「不死的英雄太累」，當然是批評那些以塑造英雄爲要的小說，英雄總有打不完的仗，又怎樣都不會死。「鄉土愈走愈遠」批判的，也是過度以寫實寫作鄉土，但其實在都市化的現代中，鄉土其實離我們已經很遙遠。至於「幫我綁鞋帶的是讀者，是你」[35]，則又在回應第一段中對讀者的邀約，指稱要讀者的參與故事才能圓滿。詩的最後是這麼寫的：

　　　　等待的海盜還沒來，但是我可以招喚他們向我靠近
　　　　一隻蠶不能定義天空，但繭可以
　　　　將天空頂得更高更遠；或者
　　　　我是孢子，文字是新菌
　　　　自體分裂是為了趕赴下一場壯麗

33　嚴忠政：〈前往故事的途中〉，《前往故事的途中》，頁58。

34　同前註，頁58。

35　同註33，頁59。

　　像看見冰原的極光
　　被破冰船收攏於天堂[36]

　　爲何「一隻蠶不能定義天空，但繭可以」？事實上是因爲蠶已經
是既定物，但是繭卻是處於未知狀態，被包裹在其中而未破繭而出以
前，仍有無限的可能。這同時在隱喻的也正是詩的語言與普通語言的
差異，就在於詩語言本身有著更多的可能性，更豐富的被解讀的空
間。「自體分裂」所意指的，亦是如此。至於「像看見冰原的極光／
被破冰船收攏於天堂」可以有兩個方向的詮釋：一是詩人創作過程
就像是在黑暗中航行，不斷找尋破冰處，最後詩行完成，光亮也尋
獲；二是讀者閱讀，也像是在黑暗中摸索著文字前進，而透過讀者閱
讀的參與，詩終於獲得了完整，也走入了「天堂」。

　　在〈玫瑰的破綻〉這首同名詩中，作者同樣強調了讀者參與詮釋
的重要性：

　　到你澆花的陽臺找你
　　一朵很紅的玫瑰
　　和那屬於馬鞭草科的
　　美女櫻，赫然，從一疊詩稿裡鑽出她白皙的韻腳
　　還有淡桃色，剛剛才裝腔作勢的朵頤
　　嘴裡咬著Honey，細裂中略帶風格

　　有人說，這就是春色
　　你說這是綻放，我說這是破綻
　　堪稱特有種的植物和風箏爭執了起來

36　嚴忠政：〈前往故事的途中〉，《前往故事的途中》，頁59。

家具躲到音樂旁邊
詩躲在時間後面[37]

　　在情詩裡頭，「玫瑰」、「櫻花」是很常出現的情感象徵物。詩中的「有人」，指的是一般的創作者或讀者，經常用這樣俗爛的象徵物去織譜或解讀春色。然而，對詩人來說，這是「破綻」，是詩人有意對俗爛意象的顛倒，或者說是這世界的倒影。在這本詩集的序言〈時間的後面〉中詩人說著：「作為一首詩的美學階段，不必然是建立在內容說了什麼，而是我對『語言』做了多少努力。……就如同『破綻』迫使『玫瑰』這個符徵（signifier）在符號學上面產生的延異。我要的，終究不是一義一指。」[38]

　　嚴忠政的想法，其實相當接近前輩詩人李魁賢說的：「詩人的創作過程，原本只是一種學習過程，不斷追求語言的新機能，去趨近詩的可能，去揭露詩的本質，以期待真正的詩的出現。」[39]此外，嚴忠政在這所述及的「延異」（differance），其實是解構主義者德希達（Jacques Derrida, 1930-2004）所提出，代表意義總是不斷延遲：一個詞語指向另一個詞語，另一個詞語又指向另一個詞語，永無終止。詞語的意義實際上並不是穩定的，而是一系列符號無止境的差異[40]。如此一來，意義的解讀必然是開放的，意義的理解是無限延後，也是多元而歧異的。至於，詩末所說的：「詩躲在時間後面。」作者所要傳達的理念可以被解釋為：詩人不斷調動文字、語言，其所要抵禦的乃是時間——填補逝去的光陰，讓詩篇在年歲的超

---

[37]　嚴忠政：《玫瑰的破綻》，頁56。

[38]　同前註，頁16。

[39]　李魁賢：〈發現事物的新關聯——評傅文正詩集《象棋步法》〉，收入《詩的見證》（臺北：臺北縣立文化中心，1994年），頁79。

[40]　簡政珍：《解構閱讀法》（臺北：行政院文建會，2010年），頁30-31。

越中屹立不搖[41]。從這些相應的詩作的陳述，我們可以理解嚴忠政的詩美學，誠然游移於現代與後現代之間，他既尊崇於詩的崇高，也帶著解構的思維看待詩創作。

　　貫徹嚴忠政詩人上述的詩美學，以及對語言的搥打與追尋者，如〈單腳練習〉中強調：「我們還要爭執什麼／有時標點比措詞來得精確／如果，困頓有其必要／我們應該停止書寫。」[42]〈不帶鑰匙出門的習慣〉裡頭說：「我的詩有時是這樣被你完成的／神也是。這接受美學。」[43]而〈內海〉一詩除了書寫現實中的海，也在描繪詩人造詩的那片海。詩人把鋪述文字的過程比喻成造山運動，緩慢運行，最終「未料，祂們自動回來找我／趕在髮浪退潮的第一時間／和我一起面對大海，一起踏浪／在額際[44]」，表露了詩人在寫詩，而詩也同樣在寫詩人。〈蹉跎如火柴的美學姿態〉一詩則用「擦亮一根火柴的姿態，不同於／打火機的便利與裸女」[45]來比喻詩人寫詩的專注與謹慎姿態，詩的結尾言：「將火的倒影／看作是觀賞植物」[46]，則是詩人與讀者想像力的奔放了。

　　嚴忠政把文學、把詩當作是一種儀式，「它能抵禦孤獨與喧囂。而我們閱讀，是要讓火與雪都回到內心的果位；文學做的，就是排練真理」[47]。而真理的排練，就需要動用語言的力量，同時也得闡釋詩的價值。〈彎刀〉一詩開頭序語即言：「在詩人的兵器譜裡，每一種語法都有保全神話的力量，就像每一種兵器背後都有一個故

---

[41]　林禹瑄：〈用詩句，抵禦時間〉，《創世紀詩雜誌》第162期（2010年3月），頁39。

[42]　嚴忠政：〈單腳練習〉，《黑鍵拍岸》，頁50。

[43]　嚴忠政：〈不帶鑰匙出門的習慣〉，《前往故事的途中》，頁118。

[44]　嚴忠政：〈內海〉，《玫瑰的破綻》（臺北：寶瓶，2009年），頁107。

[45]　嚴忠政：〈蹉跎如火柴的美學姿態〉，《玫瑰的破綻》，頁110。

[46]　同前註，頁111。

[47]　嚴忠政：〈介入雪與猜疑〉，《前往故事的途中》，頁13。

事……」[48]這首詩動用了「雪」、「爐火」、「山脈」、「明月」、「霧」等物象，用精鑄的彎刀代表詩人的語法武器。意指詩人創作的過程既要避免語言的晦澀，又要快刀切入，展現「時空如詩的語法」[49]。怕只怕在切換中，仍舊有不能俐落處理，用意象速寫風景與心境者。因此，「斷句」成了詩人創造語法效果與音樂性的利器，藉此「讓文字有超越文字之外的藝術表現」[50]。

　　〈破譯虛空〉一詩，既在寫優人神鼓的精彩表演，亦是在透過藝術的共通性描繪詩。一開頭「燈光停止喧嘩／眾生轉暗／優人高高舉起動魄的寂靜／集　紛亂疑惑悲傷無明於拳心／向下　劃開時間的胸腔，聽取如來／堅定的心跳　如鼓之動動，破碎虛空」[51]，描繪的是打鼓表演的開始，指的也是藝術誕生的初刻。第二段言：「火與雪都回到內心的果位／他們開始排練真理」[52]，其實就是前處作者自己曾經談及的，文學藝術都是一種儀式，回過頭來面對內心真實，尋求物我對話與哲思萌生的過程。這首詩是這樣結尾的：「閉上眼睛就是宇宙就是八紘乘以八次方的狀聲詞／鑲進一首禪詩」[53]。「八紘」，指的是八方極遠之地。詩人將時空與聲音相互結合，又讓靜寂的宇宙住進一首禪詩，這已表明了藝術的境界，亦是生命追尋的理境。一樣特別的是，在〈某種對決〉這首散文詩裡頭，詩的精神能量竟然可以被用來取代石油、風，或者暴躁的火，而「英雄確屬那位發現詩可以當成電池的人，如同發現選票可以決定神的缺憾——那些我們高喊的民主」[54]。詩人高呼：「詩集裡有我要的巫術，寫詩是高潮必要的手

---

[48] 嚴忠政：〈彎刀〉，《玫瑰的破綻》，頁126。

[49] 同前註。

[50] 嚴忠政：〈雜揉、含混：另類的斷句與分行〉，收入《風的秩序——文學評述集》，頁167。

[51] 嚴忠政：〈破譯虛空〉，《黑鍵拍岸》，頁25。

[52] 同前註。

[53] 同註51，頁27。

[54] 嚴忠政：〈某種對決〉，《前往故事的途中》，頁86。

段。」[55]這無疑把詩的神聖性抬得極高。

　　將詩視爲生命的志業，也讓詩人對某些詩語言運用上的謬誤，或者詩壇上一窩蜂的現象，亦有所微詞地加以批判。在〈玉山薄雪草〉中，詩行開頭就說：「以爲冬天只是一個藉口／像一個鐵匠，給了詩人達達的馬蹄／我在十四行以外的草原等待新綠」[56]。「達達的馬蹄」一句來自於前輩詩人鄭愁予（一九三三一）著名的詩作〈美麗的錯誤〉，作者藉此來說明詩人奔馳於詩的草原，但其實也在暗諷只知一味學習模仿前輩詩人，而不求突破的寫作者。〈新本土論〉透過第三人稱的她，寫出詩人對詩與土地的思考：「她說：關於詩與土地，這麼多年／不能只種出青菜／／鄉親啊（不要讓我等不到／舉手發言）臺灣人寫詩不是只有這樣而已。」[57]「青菜」的臺語本身就有隨便的意思，換言之，就算要寫島嶼、寫土地、寫鄉土，也不能不講究藝術美感亂寫一通。這點理應也在說明那些只強調寫實，不重要作品藝術性的創作者。在〈有人模仿快遞〉中，作者則是以詩批判那些純粹只有快感而無沉思回味的作品：

　　　　靈感是夏娃手上的土製炸彈
　　　　丟到水裡就成了夢
　　　　丟到陽具內就成為文字
　　　　我無數的孩子
　　　　經常在夜半驚聲尖叫
　　　　尋找他們父親最後的防空洞
　　　　可能十行，可能無題

55　嚴忠政：〈某種對決〉，《前往故事的途中》，頁87。
56　嚴忠政：〈玉山薄雪草〉，《前往故事的途中》，頁18。
57　嚴忠政：〈新本土論〉，《前往故事的途中》，頁77。

> 但因為他們愛過
> 死亡也就被確定為節奏
> 而夏娃記性奇壞
> 未爆彈讓人半生思索
>
> 有人模仿快遞
> 把玫瑰送到愛人門口
> 顏色氣味都對
> 但少了魂縈舊夢該有的猶豫
> 鮮豔就只是快感而已[58]

　　靈感本來是創作者珍視的一切，然而若不經細細推敲而胡亂寫下，那麼不免成為「土製炸彈」，隨意亂炸一番。寫詩確實不能像「快遞」一般，隨意抓取華麗的詞彙，就往詩句裡頭送。否則，詩雖然寫出來了，表面上也好像是詩，但是仔細一讀就會發現，這些詩像是七寶樓臺眩人眼目，拆碎下來卻不成片段，禁不起反覆的閱讀也沒有沉思的回味。從上述這些「論詩詩」來看，嚴忠政誠然是相當具有自覺性的創作者，也可以稱其為「概念先行」式的後現代詩人[59]，這與其學院背景和對語言所保持的懷疑論（skepticism）當然有著密切的關係。

---

[58] 嚴忠政：〈有人模仿快遞〉，《玫瑰的破綻》，頁66-67。

[59] 孟樊認為，臺灣的後現代詩人可以分為兩種：一類是有自覺性的詩人，也就是「理念先行」式的詩人，這類詩人不是先有理論的認識，要不然就是理論與創作同時發展，對於西方的後現代有清楚或粗淺的認識。另一類係非自覺性的詩人，他們原則上不從事理論的寫作，無意中對後現代正中下懷。參見孟樊《當代臺灣新詩理論》（臺北：揚智文化事業，1998年），頁241。

四、詩寫自我：嚴忠政自我詩人形象的凝視與再現

　　個體之所以是個體，其最深厚的淵源在於生命。作爲藝術之一類，詩比之於小說、戲劇等較重要社會性的表現形式，更加緊密地與個人的生命結構聯繫在一起。從內涵來看，詩所表現的主要是個體「我」，對人的內在生命在形而上層面的幽深體驗；從形式上來看，詩的形式又與生命的形式相互同構對應[60]。現代漢詩中的「我」，因應於歷史變革之運而生。民初，胡適、沈尹默、周作人等人開創詩中富個性的「我」，立下了五四時代精神上的象徵，也開啓了兩個重要的傳統：時代的「我」的覺醒，與內在世界「我」的探尋[61]。前面的傳統在寫實主義的典律中（canon）中不斷被張揚，一度成爲詩人們的守則與桎梏；後面的傳統則有賴於一九五〇、六〇年代現代主義美學在臺灣的興起，讓主體的內在生命與美學要求，得到更進一步發揮的空間。

　　詩人在詩中寫「我」，涉及自我形象的描繪與建構；而這樣的建構，當然不是寫實主義式單純的直述與刻畫。楊玉成認爲，在「詩寫自我」的這一類「論詩詩」中，「詩人彷彿被擬象化了，像一張置入畫框，精心製作靜止不動的畫像。這些詩像一面自我再現的鏡子，但這是一面怪異的鏡子：將自我詩意化、虛構化，自我就是鏡子本身，又是被反射的對象，既自我觀看也自我疏離，自己贈送給自己，兩個自我，雙重影像」[62]。「自我」即是「鏡子」，而「鏡子」又創造自我。這很像是拉康（Jacques Lacan, 1901-1981）在其精神

---

[60]　張孝評：《中國當代詩學論》（西安：西北大學出版社，1995年），頁29-34。

[61]　張桃洲：《現代漢語的詩性空間－新詩話語研究》（北京：北京大學出版社，2005年），頁71-72。

[62]　楊玉成：〈後設詩歌：唐代論詩詩與文學閱讀〉，《淡江中文學報》第14期（2006年6月），頁82。

分析理論中所詮釋的「鏡像世界」：「自我是在與另一個完整的對象的認同過程中構成，而這個對象是一種想像的投射：人通過發現世界中某一可以認同的客體，來支撐一個虛構的統一的自我感。」[63] 肇因於這樣一種「雙重影像」，這類文本經常像是「自畫像」，像是詩人在印證著自我詩人身分的同時，也往往因為這樣的強調，暴露了「我」與「自己」間的疏離。「因此，寫下這樣一首詩，更多時候，是等待著讀者去註釋那密不示人的部分，獲致更多觀看與理解，而且此一理解的獲致並非單方面的，連作者自己也需要透過這樣的自畫像來理解自己，校對自我對自我的認識。」[64] 換言之，作者在書寫這類作品時，其實也在幫助自己釐清對自我以及詩人身分的認識，並進一步尋求在詩境界中超越的可能。

　　在「詩寫自我」的作品中，我們可以看到，嚴忠政在塑造或再現其詩人形象時往往是相當多元的。在〈石頭上的拉鍊〉中，詩行以「譬若緣事而發的雨／聲響打在石頭上，有些啟示／但生硬。不若由我支遣／選擇雨中的身姿，事件變得撩人」[65]，指出創造一個撩人的雨中姿影，驅動抒情的元素，似乎比較容易也比較能夠寫出「動人」的詩，反倒是生硬的啟示，則不好駕馭又不討好。但是不是這樣就要放棄經營？也不是。詩人說：「所以有時，特別是暴雨將至／我放棄以文逮意，疏遠，又碎步靠近／當敵人渙散為被書寫的情日／我在石頭上開出一條拉鍊／一顆柔軟的心／遂化解無眠。」[66] 疏遠又碎步靠近，實際上正是創作者能夠把作品寫好的要訣。「我」以退為進，不糾結於眼前寫不成的詩，也拒絕讓失眠成為苦行詩人的困擾。類似透過寫詩的情境，來描繪自我形象者，如〈窺伺〉[67]一詩。

63　陸揚：《精神分析文論》（山東：山東教育出版社，1998年），頁153。

64　嚴忠政：《臺灣當代「論詩詩」的後設書寫》，頁59。

65　嚴忠政：〈石頭上的拉鍊〉，《前往故事的途中》，頁130。

66　同前註。

67　嚴忠政：〈窺伺〉，《黑鍵拍岸》，頁33-35。

詩中的「我」嗜甜、被困於文字的派對中，試圖以窺探的姿態尋獲創作的奧祕。這種偷窺（voyeurism）的觀賞位置，實際上也是在邀請讀者參與，這也讓嚴忠政的詩同時具有心理層面和社會性的深度及廣度[68]。

　　獲得第二十三屆《聯合報》文學獎的〈放下〉一詩，簡政珍認為：「一是在處理人生的『你』和『我』的差別，用『我』來寫『你』，這是聚焦所在。二是它在追求自我的同時，又做了自我諷刺，成了小小的自我解構，由此而造成複雜的多層次面貌。」[69]事實上，這首作品描繪的，是「我」對生命與藝術創造的追尋與醒悟。詩的開頭說：「我總是來不及索閱昨天，他們說時間永遠絕版／現在，也只能算是一種閱讀／我的手跡彷彿有人握筆／像地球自轉軸公轉軌道」[70]。時間前進永遠無法回頭，這是生命的局限也是大自然的定律，但是詩人的任務就是要透過詩，去延緩或時間對人的吞噬。詩的第二段說：「什麼鬼斧，什麼神工，那是我心中的一塊岩石／人們把它雕成觀音，我卻看不見自己的吶喊。」[71]雕刻岩石是創作的過程，看不見自己的吶喊表示陷入於無法真實表達，或聽不見真實聲音的窘境。詩的後面幾段，反覆要指出的也是這點。末尾以「當生命再次抽芽／仍是一株夢花／飽滿，而喧妍」[72]，點出「我」對於生命與藝術創造的領悟，也就是以單純的本真去面對生死、面對榮枯，達成物我之間的協調。

　　在獲得第二屆中縣文學獎的〈住址〉一詩中，「我」化身成為一

---

[68] 李進文：〈意象的激進份子——評嚴忠政《黑鍵拍岸》詩集〉，《臺灣日報》副刊（2004年5月7日）。

[69] 吳娗茹紀錄：〈第二十三屆聯合報文學獎新詩決審會議紀要 一場與謬斯的對話〉，《聯合報》副刊（2001年9月19日）。

[70] 嚴忠政：〈放下〉，《黑鍵拍岸》，頁156。

[71] 同前註。

[72] 同前註70，頁157。

名拾荒的詩人，透過拾荒撿拾到某位詩人的作品，在不斷流浪的日子裡，別人看到的只有寒酸，可是「我」卻能嗅到寶特瓶「詩體的香味」。在這奇特的戲劇性描寫下，詩的後半段如此說著：

> 我也寫過詩
> 但拾荒的詩人，我絕對不是第一個
> 該學習你，學著讀出靜謐而翻湧的節奏
> 如同掌紋綑綁荒蕪的聲響
> 我們的心地都很環保，像以斤計價的詩集一樣
> 擔心所有的樹都裝上義肢，群山也戴上義乳
> 鳥兒無處反哺，孩子呀
> 失去了門牌住址
>
> 我在路的盡頭等你
> 閒時翻閱另一本詩集
> 今晚的夜空是明天的封面
> 理想在廢棄物中排版，印行
> 一種風骨，以太陽的磅數
> 供天地閱讀[73]

　　一個詩人的詩集遭到棄置，卻讓另一個拾荒的詩人撿到，乍聽之下這實在是不可思議的情境，然而嚴忠政卻是「經常透過視覺和對象產生距離，利用這樣的視覺及觀點，形成知識與觀賞位置」[74]。詩中

---

[73] 嚴忠政：〈住址〉，《黑鍵拍岸》，頁139-140。
[74] 李進文：〈意象的激進份子——評嚴忠政《黑鍵拍岸》詩集〉，《臺灣日報》副刊（2004年5月7日）。

的「我」是被這世界邊緣化的流浪漢（或說遊蕩者），卻能讀到文明邊緣的角落中許多人讀不到的細密思維。詩人是永遠的反對者與邊緣人，儘管活在一個沒有門牌號碼的漂流情境，但是詩讓生命有著不一樣的存在意義。末尾，以「今晚的夜空是明天的封面」作爲重要的警句，宣告一種平靜、美好的生命狀態，也告訴我們詩人的理想與生命，實際上就在天地之間印行，循環不已。

　　與〈住址〉可以相互呼應的，是〈遊民〉這首作品。這次敘事的角度，變成「我」在路上繞過一個遊民，回家之後開始在日記裡頭「挖掘一條地下道」。這樣的情節頗有杜斯妥也夫斯基（Фёдор Михайлович Достоевский, 1821-1881）《地下室手記》的味道。只是，詩中的「我」的任務是寫詩：「我把眼珠埋進去，用灰頭土臉強調有機／於是秒針茁壯爲枝幹／葉脈又繼續茂盛／綠花花的鈔票上面有人鳥／有人不鳥，反正這就是巢／一百行的敘事，兼及稿費與愛／我一一描繪，寫實了詩人的姿態／但眞正的遊民／其實都很超現實。」[75]「把眼珠埋進去」意指寫作的樣態，「秒針茁壯爲枝幹／葉脈又繼續茂盛」指的也是書寫的過程。最有趣的是，詩中的「我」所描繪的對象，也是一個詩人。最後，用「超現實」一詞結尾無疑在說明：其實我們所理解的外部現實，通常並不等於「眞實」（reality）。

　　值得注意的一點是，嚴忠政在書寫或再現個人形象時，相當偏好運用「雪」的元素和意象。〈斷刀〉一詩開頭即言：「曾經我也是愛的門徒／今日鑄雪，斷句，打造一把半截的刀／刀面折損，恰如退也不能再退的傾斜／以及陷入於狂歌的坑洞。」[76]「愛的門徒」意指「我」也曾經耽溺於寫作情詩，善於驅動抒情的敘述；而「今日鑄雪」，則代表抽離、冷然的情緒，也就是更訴諸於理性的駕馭文字和

---

[75] 嚴忠政：〈遊民〉，《前往故事的途中》，頁92。

[76] 嚴忠政：〈斷刀〉，《玫瑰的破綻》，頁132。

意象。這裡所謂的「斷刀」，其實指的是「斷句」，也就是透過短的句子以及斷句，創造出強而有力的寫作效果。〈江湖退稿〉則以「而今年的雪線更低了／積雪不融的高度從離騷降到了暢銷書／像降半旗的萬國音標／我們彼此悼亡／（所以不能幫你出書／不是你的問題。真的不是）」[77]，描寫詩集的出版市場極冷，詩集投稿總是被退件。

　　同樣地，相當具有象徵意義的〈介入〉一詩，一樣是以雪作為開端，鋪展詩人對書寫與生命的思考：「我從雪的截角發現去年夏天／假寐的天使，她遺失的拼圖／久久，我摸索其中可能的形聲／季節如同失眠／鼾聲復返於自由與苦惱／沙發到電視之間，文字／和密使交換城邦／而子民是容許想像的／假如不介入猜疑。」[78]在這首詩中，「雪」與「介入」誠然是最關鍵的兩個語彙，代表的既是詩人在詩中所呈現冷然的形象，也是其藝術思索的關鍵處。詩人曾謂：「寫詩，說穿了就是一種介入，以干擾還其干擾：思想的能動屬之、辯證屬之、具有美學功能的文學手法屬之，對於黑暗勢力的反擊，我的深沉亦屬之，這是我對生活的處理方式，它的重點在『處理』及『如何處理』。」[79]

　　「處理」，是指詩所表現的世界，以及與個人、社會的聯繫；「如何處理」則牽涉到怎樣達成深一層精神上的結合，揭開物象外在的屏障，透顯出內在的精神躍動。在這一點上，「嚴忠政的詩往往透過『客觀環境』的琢磨而呈顯出『主觀經驗』的光彩」，強調的是「人在『存在』之中或人與『存在』之間，所自然透出的經驗意義與存在價值」[80]。那麼，詩人在詩中又是如何面對自我的存在？他為自

---

[77] 嚴忠政：〈江湖退稿〉，《玫瑰的破綻》，頁140-141。

[78] 嚴忠政：〈介入〉，《玫瑰的破綻》，頁48。

[79] 嚴忠政：〈介入雪與猜疑〉，《前往故事的途中》，頁11。

[80] 雪硯：〈嚴忠政的「文學現象學」〉，《創世紀詩雜誌》第162期（2010年3月），頁33-34。

己所選擇的終極形象，正是這些年來他所慣用的筆名「雪狼」：

> 我們的象都在冰河
> 而血的味道比一首詩還難成為獵物
>
> 這天，我叼起印第安頭羽
> 同你狼嗥
> 向洪荒以來的所有精魂宣讀三萬年前的勢力
>
> 是的。我們都是狼
> 只是氣象有不同語系
> 但這天，意象同時飄起了大雪
> 我們在部落相遇[81]

　　詩題名為「再致雪狼」，因為不見「初致」，是以這個「再」除有重複之意，當然也可以有「再現」之意，這首詩或許可以解為詩人試圖再現自我形象。作為稀有種類的動物之一，雪狼又被稱為夢幻之狼，棲息在深山中，雪白的皮毛在大雪裡是最好的保護色，多單獨生活，且習於晚上覓食，一次可行兩百公里。嚴忠政以此為自我形象之招喚，並且宣稱「我們都是狼」，詩國能夠獲得復興。如此，詩人與這個志業，也才有了存在的意義與價值。

五、結語

　　作為一個學院派的詩人，嚴忠政在創作上相當符合陳義芝在論述

---

[81]　嚴忠政：〈再致雪狼〉，《玫瑰的破綻》，頁58。

學院派詩人時，所列舉的幾個重要特色：形式體製的追求、抽象意念的玩賞、文化意識與信仰基礎的開展、學術行話與典籍的運用等[82]。他精熟與哲學與文學理論，在詩中大膽地實驗與創造，卻又不時將關懷的觸角延伸至各地，化身爲各種不同的角色，以具戲劇性地展演方式爲世界也爲詩國發聲。賴芳伶說：「詩人擁有千萬張變形的面具，可以擇取任何其一，以便爲自己或爲眾庶發聲。往往作爲詩中敘述聲音的『我』，也許是詩人的現實我，也可能是眾生裡的複數我，難以確指；適因如此，使我們讀詩解詩的空間得以更舒緩寬裕，不至於黏滯在意識型態的對立緊繃上。」[83]確實，在將藝術落實於生活以及從生活中提煉出藝術裡，嚴忠政更常選擇的是走著一條屬於自我的眞理追尋之路，「讀他的詩像走在險巇的山之崚線，那崚線恰似他層疊意象裡的主旋律或命題」[84]，走在其中像是穿越山間冒險，迷路時而有之，卻也常常撞見意外的驚喜。

　　對詩學的考究與詩藝眞摯探尋，讓嚴忠政的詩作充滿大量的「論詩詩」。在「以詩論詩」的一類作品中，他透過詩的形式不斷試圖傳達詩爲何物以及傳述自己的詩學理念。對詩人而言，寫詩其實就是用具有美學功能的文學手法，透過語言的藝術，去表現超越現實表象的眞實。他不滿於傳統寫實所創造的鐐銬，不離脫於現實社會的關懷，卻也堅持詩人必須勇於追尋詩語言的創新。他用力打開詩國的大門，邀約讀者一同進入參與；開啓對生命與存在的思考，也要我們一同投入填補敘事的空隙。他大力抬高詩的神聖性，又批判那些因循於陳腐語言及寫作模式的創作者。對詩，他似乎總是無法妥協。由此，他在詩中游移著以不同的形象再現自我的詩人身分。有時，他扮

---

[82] 陳義芝：〈臺灣「學院詩人」的名與實──《學院詩人群年度詩集》綜論〉，《當代詩學》第3期（2007年12月），頁8-20。

[83] 賴芳伶：〈若遠處的距離等於青春──《黑鍵拍岸》讀後〉，《黑鍵拍岸》，頁7。

[84] 林德俊：〈大獎詩人面對面：李進文V.S.嚴忠政〉，《乾坤詩刊》第34期（2005年4月），頁108。

演一個窺探者；有時，他成爲雕刻岩石的學徒；有時，他則成爲一名獨具慧眼的拾荒詩人。

　　詩人總是離脫生活並未太遠，而又不斷變換的身分介入詩，搬演起一首首有劇情的詩的故事。儘管，他的企圖心是如此遠大：「0是諸神的唇印、0是……我是一九四五年／以一枝原子筆擊斃太陽的人／詩句是一朵蕈狀雲的分子結構／我是愛因斯坦，是／翻爛銀河彼岸教科書的菩提達摩。」[85]若詩人眞的成了原子彈，那對這個世界的衝擊也太過嚴重。是以，他甘願成爲孤獨且默默追尋著詩之道路的雪狼，呼喚著一同追尋著詩藝的夥伴們，在意象的大雪中前進，敬告詩人的勢力有天終將崛起。

參考書目

專書

王文仁、李桂媚：〈旅人的當代抒情——須文蔚與嚴忠政詩作色彩美學析論〉，收入蕭蕭主編《創世紀60社慶論文集》（臺北：萬卷樓圖書股份有限公司，2014年）。

李魁賢：〈發現事物的新關聯——評傅文正詩集《象棋步法》〉，《詩的見證》（臺北：臺北縣立文化中心，1994年）。

孟樊：《當代臺灣新詩理論》（臺北：揚智文化事業，1998年）。

張孝評：《中國當代詩學論》（西安：西北大學出版社，1995年）。

張桃洲：《現代漢語的詩性空間——新詩話語研究》（北京：北京大學出版社，2005年）。

莫渝：〈鋪設一條福爾摩沙詩路〉，《臺灣詩人群像》（臺北：秀威資訊科技，2007年）。

85　嚴忠政：〈一隻斑馬，死在斑馬線上〉，《黑鍵拍岸》，頁36。

陳政彥：〈試論嚴忠政詩中的敘事人稱〉，收入白靈、傅天虹主編
　　　《臺灣中生代詩人兩岸論》（臺北：創世紀詩雜誌社，2014
　　　年）。

陳國球：〈司空圖《詩品》──一種後設詩歌〉，《鏡花水月──文
　　　學理論批評論文集》（臺北：東大圖書公司，1987年）。

陸揚：《精神分析文論》（山東：山東教育出版社，1998年）。

簡政珍：《解構閱讀法》（臺北：行政院文建會，2010年）。

簡政珍：《讀者反應閱讀法》（臺北：行政院文建會，2010年）。

嚴忠政：《風的秩序文學評述集》（臺中：臺中市政府文化局，
　　　2012年）。

嚴忠政：《臺灣當代「論詩詩」的後設書寫》（臺中：逢甲大學中文
　　　系博士論文，2013年）。

學位論文

王麗雅：《中部地區後中生代三家詩研究──以李長青、丁威仁、
　　　嚴忠政為研究對象》（新竹：新竹教育大學中文系碩士論文，
　　　2014年）。

期刊報紙

吳婉茹記錄：〈第二十三屆聯合報文學獎新詩決審會議紀要　一場與
　　　謬斯的對話〉，《聯合報》副刊（2001年9月19日）。

李進文：〈意象的激進份子──評嚴忠政《黑鍵拍岸》詩集〉，
　　　《臺灣日報》副刊（2004年5月7日）。

周益忠：〈論詩絕句發展之研究〉，《師大國文研究所集刊》第27
　　　期（1983年6月），頁781-910。

林禹瑄：〈用詩句，抵禦時間〉，《創世紀詩雜誌》第162期（2010
　　　年3月），頁39-40。

雪硯：〈嚴忠政的「文學現象學」〉，《創世紀詩雜誌》第162期
　　　（2010年3月），頁33-34。

陳義芝：〈臺灣「學院詩人」的名與實──《學院詩人群年度詩

集》綜論〉，《當代詩學》第3期（2007年12月），頁1-23。

楊玉成：〈後設詩歌：唐代論詩詩與文學閱讀〉，《淡江中文學
　　報》第14期（2006年6月），頁63-131。

嚴忠政：〈得獎感言　同登獨木舟〉，《聯合報》副刊（2003年9月
　　22日）。

嚴忠政：〈得獎感言　結巴的咕咕鐘長出翅膀〉，《聯合報》副刊
　　（2002年9月17日）。

◎附錄一　嚴忠政詩作中出現「詩」之詩例：

編號	詩名	詩句	詩集	頁數
1	〈如果黑鍵拍岸〉	鷗鳥的鼓翅：一首詩或一個可以撬開遠方的弧度	《黑鍵拍岸》	13
2	〈如果黑鍵拍岸〉	不是我，我的詩還在海平面以下	《黑鍵拍岸》	13
3	〈如果黑鍵拍岸〉	你要來論述我的詩嗎	《黑鍵拍岸》	13
4	〈玉山薄雪草〉	像一個鐵匠，給了詩人達達的馬蹄	《黑鍵拍岸》	18
5	〈破譯虛空〉	鑲進　一首禪詩	《黑鍵拍岸》	27
6	〈一隻斑馬，死在斑馬線上〉	以一隻原子筆擊斃太陽的詩人	《黑鍵拍岸》	36
7	〈一隻斑馬，死在斑馬線上〉	詩句是一朵蕈狀雲	《黑鍵拍岸》	36
8	〈童話聽寫簿——記一群在咖啡館寫詩的友人〉	記一群在咖啡館寫詩的友人	《黑鍵拍岸》	40
9	〈童話聽寫簿——記一群在咖啡館寫詩的友人〉	我和我的朋友喜歡在寫詩的生理期	《黑鍵拍岸》	40
10	〈童話聽寫簿——記一群在咖啡館寫詩的友人〉	關於賣香屁的故事或是寫詩	《黑鍵拍岸》	41
11	〈嫌疑犯〉	蔚為詩篇	《黑鍵拍岸》	42
12	〈給即將結婚的R〉	你是詩人，我也只會釀詩	《黑鍵拍岸》	63
13	〈給即將結婚的R〉	你是詩人，我也只會釀詩	《黑鍵拍岸》	63

編號	詩名	詩句	詩集	頁數
14	〈給即將結婚的R〉	以詩鋪蓋天地	《黑鍵拍岸》	63
15	〈遙遠的抵達——致女兒國或者某稱謂〉	一首詩的音步	《黑鍵拍岸》	87
16	〈將軍的病房手記〉	詩是我的最後一顆腎臟	《黑鍵拍岸》	120
17	〈住址〉	便能嗅到詩體的香味	《黑鍵拍岸》	138
18	〈住址〉	我也寫過詩	《黑鍵拍岸》	139
19	〈住址〉	但拾荒的詩人，我絕對不是第一個	《黑鍵拍岸》	139
20	〈住址〉	我們的心地都很環保，像以斤計價的詩集一樣	《黑鍵拍岸》	139
21	〈住址〉	閒時翻閱另一本詩集	《黑鍵拍岸》	139
22	〈愉悅（二）〉	歡送美好的詩篇	《前往故事的途中》	18
23	〈儀式〉	然而，歷史大戲和我的詩同樣不合時宜	《前往故事的途中》	30
24	〈前往故事的途中〉	以一部詩學相互受洗	《前往故事的途中》	61
25	〈三國〉	在此焚詩溫酒	《前往故事的途中》	68
26	〈他是我愛上的一名讀者〉	我寫情詩他匍伏在地	《前往故事的途中》	70
27	〈寫給遠離〉	詩不斷在自慰中	《前往故事的途中》	73

編號	詩名	詩句	詩集	頁數
28	〈某種對決〉	以詩的精神能量取代石油、風	《前往故事的途中》	86
29	〈某種對決〉	他不寫詩	《前往故事的途中》	86
30	〈某種對決〉	英雄確屬那位發現詩可以當成電池的人	《前往故事的途中》	86
31	〈某種對決〉	你還能等到以詩來取代能源那天嗎？	《前往故事的途中》	86
32	〈某種對決〉	詩集裡有我要的巫術	《前往故事的途中》	87
73	〈某種對決〉	寫詩是高潮的必要手段	《前往故事的途中》	87
34	〈無力抽拔的注腳（2004）〉	七天之後仍然無力搬動詩句	《前往故事的途中》	89
35	〈遊民〉	我一一描繪，寫實了詩人的姿態	《前往故事的途中》	92
36	〈拿鐵〉	我們又成為邊塞詩人	《前往故事的途中》	101
37	〈不帶鑰匙出門的習慣〉	有些詩先我而去	《前往故事的途中》	118
38	〈不帶鑰匙出門的習慣〉	我的詩有時是這樣被你完成的	《前往故事的途中》	118
39	〈女巫〉	包括整首詩的逗點也不見了	《前往故事的途中》	120
40	〈讀者與抗體〉	卻始終打不出一首詩的噴嚏	《玫瑰的破綻》	22
41	〈尷尬〉	我還有一些積蓄，在星期二的詩裡	《玫瑰的破綻》	46

編號	詩名	詩句	詩集	頁數
42	〈介入〉	半島以詩為源流	《玫瑰的破綻》	48
43	〈玫瑰的破綻〉	美女櫻，赫然，從一疊詩稿裡鑽出她白皙的韻腳	《玫瑰的破綻》	56
44	〈玫瑰的破綻〉	詩躲在時間後面	《玫瑰的破綻》	56
45	〈再致雪狼〉	而血的味道比一首詩還難成為獵物	《玫瑰的破綻》	58
46	〈狙擊手在看我，2049年11月〉	一些消失的稱謂和詩一樣	《玫瑰的破綻》	62
47	〈狙擊手在看我，2049年11月〉	那是我手中的一本詩集，狙擊手手中也有一本	《玫瑰的破綻》	63
48	〈狙擊手在看我，2049年11月〉	某詩人在九號倉庫交給我。因為自費採取預售	《玫瑰的破綻》	63
49	〈狙擊手在看我，2049年11月〉	只種一百三十株的玫瑰，失去花園的詩集	《玫瑰的破綻》	63
50	〈斷句後的壁虎，2049年12月〉	和我同一個版本的詩集。他們也知道	《玫瑰的破綻》	64
51	〈新本土論〉	她說：關於詩與土地，這麼多年	《玫瑰的破綻》	77
52	〈新本土論〉	舉手發言）臺灣人寫詩不是只有這樣而已	《玫瑰的破綻》	77
53	〈雄黃酒〉	千百年的押解，這下子還是關進詩人節	《玫瑰的破綻》	81
54	〈回到光中〉	在飛魚和海鳥都譴責詩人的時代	《玫瑰的破綻》	91
55	〈回到光中〉	一行行的詩，一條條的黃絲帶	《玫瑰的破綻》	92

編號	詩名	詩句	詩集	頁數
56	〈拆夢刀〉	如果有汨羅江，像十二樓，詩也抓不住屈原的高度	《玫瑰的破綻》	99
57	〈海外的一堂中文課〉	一從詩經到競選的旗幟亂飄	《玫瑰的破綻》	103
58	〈海外的一堂中文課〉	你也剛好用繁體中文寫詩，懂得精靈與昆蟲的耳語	《玫瑰的破綻》	103
59	〈內海〉	祂們結黨為詩	《玫瑰的破綻》	106
60	〈她的出現〉	只能句摘的詩	《玫瑰的破綻》	112
61	〈她的出現〉	以及前世寫過的情詩。果然	《玫瑰的破綻》	112
62	〈東遊要到琵琶胡，他說〉	我拿出一首詩比對，參照縱谷及綠島	《玫瑰的破綻》	116
63	〈彎刀〉	在詩人的兵器譜裡，每一種語法都有保全神話的力量	《玫瑰的破綻》	126
64	〈彎刀〉	時空如詩的語法，盈昃虛張、切換	《玫瑰的破綻》	126
65	〈迷迭劍〉	像一首抒情的詩，迷惑，也美	《玫瑰的破綻》	128
66	〈定風戟〉	來到這首詩的面前，告訴我	《玫瑰的破綻》	130
67	〈定風戟〉	與意象。當這首詩濺出諸神的血	《玫瑰的破綻》	130
68	〈江湖退稿〉	某詩人寄來投稿詩集一本	《玫瑰的破綻》	140

Poet and His Muses: The Construction and Practice on Yan Zhong-Zheng's "On-Poetry Poems"

Wen -Jen Wang

Full-time assistant professor of the Center for General Education in National Formosa University

Abstract

Being an important academicism writer of the 1960s in Taiwan, Yan Zhong-Zheng's (1966~) poems are filled with thoughts regarding creative writing issues and the identity of the poet. His attention to reproducing topics, value towards reader-response theories, as well as the precise pursuit of new poetry language allowed him to complete the study on Taiwan's contemporary "On-Poetry Poems", where he also created many "on-poetry poems" for his poetic creations. In the article, these works are mainly viewed from the two perspectives of "Discuss poems with poems" and "Write poems about oneself". In the category of "Discuss poems with poems", he never deviated from the care of real society, yet also insisted that poets must be courageous to pursue innovations for poetic language, and invites readers to open up to the idea of life and existence. In the "Write poems about oneself" category, he drifted between several boundary roles, reproducing the identity of the poet through the open yet vigilant approach. This clearly unveils the sincere and loud calls of a hardworking modern poet advancing in the poetry sea that gets more strenuous day by day.

Key words: 1960s, Yan Zhong-Zheng, On-Poetry Poems, academicism writer

生死之間：楊牧《介殼蟲》的時間表述

劉益州[1]

摘要

　　楊牧藉由詩作探索自我在時空中的位置及生命根源的企圖相當明晰，他的詩作經常以自我生命追尋為原點，進一步對「他者／他物」參照，發現抽象與拔高的生命價值。本文就楊牧收錄於《介殼蟲》詩集中進行觀察，從「時序及天體運行的時間觀察」、「他者及他物的生命觀察」幾個部分進行討論。可看見楊牧如何對時間及生命世界產生各種「好奇」及想像，並用精確而深邃的比喻呈現出來，可從《介殼蟲》中看見其對生命的想像及探索，對時間的觀察與自我表述，同時也能更察覺到楊牧詩作的藝術及思想價值。

關鍵字：楊牧、介殼蟲、時間、現象學

---

[1]　國立臺中教育大學、靜宜大學兼任助理教授。

一、前言

　　楊牧的創作經常有著濃烈的「時間焦慮」，例如其詩〈樓上暮〉就直白地表示：「這個世界幾乎一個理想主義者都／沒有了，縱使太陽照樣升起，我說／二十一世紀只會比／這即將逝去的舊世紀更壞／我以滿懷的幻滅向你保證。」而陳芳明也評論楊牧：「當他早年使用葉珊筆名時，就已經朝向生命中的一個大象徵去追逐、去經營。這個大[2]象徵容納了時間的流動跌宕、情愛的起伏興衰、生命的美醜枯榮[3]。」在陳黎、張芬齡、賴芳伶等人的論文以及何雅雯、徐培晃的學位論文內同樣發現楊牧詩作探索時間意識的軌跡[4]。

　　楊牧藉由詩作探索自我在時空中的位置及生命根源的企圖相當明晰，他的詩作經常以自我生命追尋為原點，進一步對「他者／他物」參照，發現抽象與拔高的生命價值。在《介殼蟲》後序中，楊牧詳細敘述了他觀察「生病鐵蘇」的情景，並指出：

　　　　我回憶這次經驗，首先自以為欣喜的是在一特定的時空，幸能保有一份好奇，在適當頃刻，釋放心血與神氣，讓那好奇自然流露，接受外在陌生，猜疑的挑戰，

---

[2] 見楊牧〈樓上暮〉，楊牧《楊牧詩選III》（臺北：洪範書店，2010年9月），頁159。

[3] 陳芳明，《深山夜讀》（臺北：聯合文學，2001年），頁171-172。

[4] 見陳黎、張芬齡〈楊牧詩藝備忘錄〉，收錄於林明德編《臺灣現代詩經緯》（臺北：聯合文學，2001年6月），頁244。賴芳伶，《新詩典範的追求——以陳黎、路寒袖、楊牧為中心》（臺北：大安出版社，2002年），頁228。陳怡菁，《文化尋根與歷史定位——現代詩中的海洋文化軌跡》（臺北：文津出版社，2006年3月），頁51-52。何雅雯，《創作實踐與主體追尋的融涉：楊牧詩文研究》（臺北：臺灣大學中國文學研究所碩士論文，2001年），頁80。徐培晃，《楊牧詩風的遞變過程》（逢甲大學中國文學所碩士論文，2005年），頁153。

並且於好奇不再的時刻全身而退，那將際會找到一合宜
的定義，為我所用，甚至，當時付出的血氣，也因為單
純，專一幾臻於透明，竟能在收放過程裡絲毫無損，依
然故我，還是屬於我個人的[5]。

楊牧繼續指出：

……知道介殼蟲若是單獨存在或不存在，雖然那麼小，
總是一個生命或一個死亡，並不是一片白粉。對這簡
單的發現我覺得滿意。但我又想，我並不是靠近牠而
發現了牠卑微的形狀所以滿意，顯然還有些別的使我高
興……不外乎就是牠證明我的好奇心……於沉靜安詳
的腳步裡自我調度，保留或揚棄一些即興，偶發的思
維……[6]

　　楊牧敘述此次觀察「雌性蘇鐵白輪眉介殼蟲」為一次欣喜的經
驗。然而，從「自我」出發，以好奇觀察「他者／他物」，進一步表
述自我生命現象、時間意識是楊牧詩作的重要命題。
　　本文就楊牧收錄於《介殼蟲》詩集中進行觀察，從「時序及天
體運行的時間觀察」、「他者及他物的生命觀察」幾個部分進行討
論。期待能更進一步釐清楊牧藉由「好奇」與「想像」的心智觸覺而
創造力不窮的創作思維。

---

[5]　見楊牧：〈《介殼蟲》後序〉，楊牧《楊牧詩選III》（臺北：洪範書店，2010年9月），頁
　　512。
[6]　同前註，頁514-515。

二、時序及天體運行的時間觀察

　　《尚書‧虞書‧堯典》言：「乃命羲和，欽若昊天，歷象日月星辰，敬授人時。[7]」可證在人類早期文明發展之初就知道透過日月星辰的運行來計量時間、感受季節變化，楊義亦曾在《中國敘事學》中指出：

> 人類對時間和空間的體驗不是從抽象的哲學原理開始的，而是從他們的日常起居作息，以及對日月星辰的觀察開始的。時間意識的產生，意味著人們對天地萬象生生不息、變動不居的認識和把握，開始脫離了混沌迷忙的狀態，逐漸進行秩序性的整理。[8]

可以得知人類最早對時間的認識就來自於天體運行的現象，而對天體運行的現象產生了「時序」的概念。

　　楊牧很早就曾藉由天體運行景象或時序來表述生命及時間的感懷[9]，在《介殼蟲》中有不少直接對時序或天體的觀察而作為楊牧自我的表述，在〈七月〉這首詩裡：

> 時間停頓在七月，明亮無比
> 讓一個副詞以超長音節

---

[7]　清‧阮元編：《十三經注疏‧尚書》（臺灣：商務印書館，南昌府學刻本），頁19。

[8]　楊義：《中國敘事學》（嘉義：南華管理學院，1998年），頁129。

[9]　如楊牧收錄於《花季》的〈當晚霞滿天〉，楊牧《楊牧詩集I》（臺北：洪範書店，1994年），頁101-102。或收錄於《涉事》的〈搜尋的日光〉（原題為〈殘餘的日光〉）組詩等，見楊牧《楊牧詩選III》（臺北：洪範書店，2010年9月），頁512。

　　抑揚掃瞄，溫柔
　　如我們目睹白浪驚起
　　在浮沉的珊瑚礁左右
　　等候晚到的一波將那激情續完
　　以及下一波，自迷失的方向逆轉歸來
　　心急的陰性如此豐滿而有餘
　　大數天裡維持調和的律動如鳶水面翰飛[10]

這首短詩中，楊牧為了敘述「時間停頓在七月」這個命題，用了整首詩的譬喻疊合指涉了七月的感覺。此詩分別用了「一個副詞以超長音節」、「如目睹白浪驚起」，然後延續了這樣的想像：「晚到的一波將那激情續完／以及下一波，自迷失的方向逆轉歸來」、「心急的陰性韻如此豐滿而有餘」，最後以「如鳶水面而翰飛」對詩人主體在七月這個當下的時間點的種種感思。

　　在〈七月〉這首詩中，楊牧為了敘述自身所處的時間感，用多重比喻意向了自身在時間場域的在性。簡政珍說：「比喻是人意識的投射，投射後所構築就是人活動的世界……因此，這縱橫交織的雙軸可視為人類存有和語言活動的兩種狀況。以比喻的功能視之，人藉語言存在，語言標示人的存有。再進一步觀照。比喻的雙軸也是人的時空兩軸。人是時空兩軸的交集。」[11]楊牧在短短十行詩裡頭疊合了三種比喻，呈現一個自身存有的「七月」時空。

　　在〈閏四月〉這首詩，以特別的「閏月」為名，結構了一個既具體又抽象的詩中世界：

---

[10]　見楊牧：〈七月〉，楊牧《楊牧詩選III》（臺北：洪範書店，2010年9月），頁512。

[11]　簡政珍：《放逐詩學：臺灣放逐文學初探》（臺北：聯經出版社，2003年11月），頁21。

有人雨聲裡醒來，拉開窗簾
看見一隻烏鴉站在髹漆的鐵欄杆
上，像午夜縮形的殘夢
前生一再迷飛的精神
如此集中，沉靜，像他稀釋的
自我，此刻正內斂
追尋，緣循遲遲的夏日
豐沛的濕度和雲氣，溫暖的
微微的風：一隻
除卻災厄的黑鳥站在庭院盡頭
太陽在另外的場域，困難
躑躅，見證他猝然分身
雨中站著
在髹漆的鐵欄杆上[12]

這首詩是楊牧詩作中少見以第三人稱來表述的作品，可看到他先陳述了一個「雨夜中醒來看見烏鴉的情境」，延伸這樣的情境而帶出了「殘夢」、「前生」及「綠循遲遲的夏日」等時間場域。

扣除掉「像午夜縮形的殘夢／前生一再迷飛的精神」這樣的比喻性質敘述，可確切得知楊牧在此詩中敘述的時空有二：

12　見楊牧：〈閏四月〉，楊牧《楊牧詩選III》（臺北：洪範書店，2010年9月），頁388-389。

表一

	表	裡
時空點	雨夜	遲遲的夏日，溫暖的微微的風
人物主體	有人在雨聲裡醒來	他稀釋的自我，此刻正內斂追尋
鳥	看見一隻烏鴉站在髹漆的鐵欄杆上	一隻除卻災厄的黑鳥站在庭院盡頭

由「表一」可以得知，楊牧藉由筆下的情境，敘述了當下情境和自我追尋世界的差異，而詩末的「太陽在另外的場域，困難／見證他的猝然分身」除了說明當下是夜晚，太陽在地球另一端的上空外，也間接敘述了「內斂追尋自我」的可能。

正如高清海於《哲學與主體自我意識》述及：「對人來說，世界不只是構成生存基礎和知識內容的對象，本體世界，而且是藉以發揮主觀創造作用和滿足主體需要的意義、價值世界[13]」。楊牧藉由精確的意象，建構了一個具有時間指涉且探索自我存有的世界。

收錄在《介殼蟲》最末一首的〈松園〉，楊牧自承是以家鄉地名為題[14]，以對家鄉的想像的空間場域為緯，而天體運行所開展的時間現象，則是整首詩的軸心，此詩的第一段：

> 那一次回頭看見暮色在早升的
> 星象裡加劇，獵戶的箭囊即將著色
> 完成以氄氄重疊的針葉為前景
> 尾端銜接韠琫閃光維玉與瑤

---

[13] 高清海：〈序〉，《哲學與主體自我意識》（北京：中國人民大學出版社，2010年12月），序頁3。

[14] 見楊牧〈作者近況〉，焦桐編《2006臺灣詩選》（臺北：二魚出版社，2007年），頁365。

　　　　這不是祕密的全部，遠方

　　　　還有挽留的山，不捨的水勢[15]

楊牧以暮色光影的移動、星象的變化，敘述出一個綿密的山林景
色，進一步以「這不是祕密的全部」吸引讀者繼續參與這首詩的情
境。而此詩第三段：

　　　　月光遲遲聚守幾無風雨的池塘

　　　　為了自我鑑照各自稀薄地擠向水中央

　　　　假如我說就像失眠的魚我們也曾經側耳

　　　　傾聽松濤止息後的夜絕無懷疑

　　　　　可能隨蒲葦的影子移動，暗微

　　　　天地間這樣永遠不停做工[16]

在這邊「遲遲」揭露了「月光」的時間性，讓此段敘述的景色有了空
間感。而「松濤止息」彷彿時間也暫停下來的夜晚，楊牧細膩地繼續
描述「可能隨蒲葦的影子移動，暗微／天地間這樣永遠不停做工」來
表現時間。
　　楊牧藉由家鄉一個確實的地點「松園」，藉由觀察與想像而敘述
出「天地間這樣永遠不停做工」，以及全詩以「太陽快速射入林地上
方，美術與詩轉透明為祕密全部」[17]作為總結。楊牧以時間性貫串整
首詩，從「那一次回頭看見暮色在早升的／星象裡加遽」，從黃昏
「暮色」到「月光遲遲」到詩末的「太陽快速射入林地上方」的時間

15　楊牧：〈松園〉，楊牧《楊牧詩選III》（臺北：洪範書店，2010年9月），頁488。

16　同前註，頁489。

17　同前註，頁490。

性來證明：家鄉場域對於詩人自我的「美術與詩」的祕密養成。

　　胡塞爾曾說：「想像行為是對這種時間意識（感覺；原初的時間意識）的修正；它屬於呈現。」[18]可以說，所有的感覺行為、觀察現象都是「原初時間意識」，而想像行為是「時間意識的修正」，藉由想像行為，讓人主觀地認識並確認自我的主體性。

　　楊牧〈松園〉此詩正是楊牧對於家鄉場域的時間想像，並藉此探詢自我生命的本質。

三、他者的生命觀察

　　胡塞爾說：「正如每個人在與他人溝通時也通過同感而得知，他人在他的經驗中也經驗到自己所經驗的東西。因而我們所有人都具有一個被經驗到的世界，我們擁有它，這就是：在我們每個人之中，意識都以某種方式具備了某種風格的經驗，即以某種方式組織成雜多性和統一性的風格，而在這種風格的經驗中，『這個』世界展示給我們中的每個人。」[19]也就是說我們有自己可觀察到的世界，他人也有其各自經驗的世界，而我們主觀的生命世界就是由自我和他者所共通經驗到的。

　　海德格更明確地說明：「作為這種在世界中存在，與此一體地，此在就是相互並存的存在（Mit-einander-sein），與他人一道存在：與他人在此擁有這同一個世界，以互相存在（Fur-einander-sein）的方式相互照面，相互並存。」[20]此段文字說明了，自我是與他人共同

18　〔德〕胡塞爾（E. Husserl）著，楊富斌譯：《內在時間意識現象學》（北京：華夏出版社，1999年9月），頁114。

19　〔德〕胡塞爾：〈現象學與認識論（1917年）〉，收錄於其著，〔美〕托馬斯·奈農、〔德〕漢斯·萊納·塞普編，倪梁康譯：《文章與演講》（胡塞爾文集）（北京：人民出版社，2009年5月），頁185。

20　〔德〕海德格（Martion Heidegger）著，孫周興譯，〈時間概念〉，《海德格爾選集》（上

擁這個世界，並藉由自我和他者的依存而「互相並存」的。因此，在
闡述自我的感覺與想像，也就是「時間意識」的修正時，一定會去觸
及到與主體「共有同一世界」的他者，例如〈失題〉這首詩：

> 有人在對岸屋子裡坐著，枯萎的
> 海棠信守去年的陽光在窗下
> 保持清醒；依稀所有想像的
> 獲取和失落，升起
> 的爐火，冷卻的灰
> 千秋把陰影
> 投射到新漆的盛夏尖端
> 神話的水瓶剝蝕
> 在忘卻的深井。他知道
> 有人在對岸冥坐著：
> 秋的焦點。現在輪到
> 迷失的思想，獨自，撞擊發光
> 遙遠那邊確實有一個未完的故事
> 沒有發展好的情節——縱史萊生再見
> 也不可能重寫[21]

在這首詩當中，有兩個人分隔，各自在對岸坐著，可以從下表分
析：

冊）（上海三聯書店，1996年），頁13。

[21] 楊牧：〈失題〉，楊牧《楊牧詩選III》（臺北：洪範書店，2010年9月），頁410-411。

表二

	A	B
場景	有人在對岸屋子裡坐著	有人在對岸冥默坐著
現象一	枯萎的 海棠信守去年的陽光在窗下 保持清醒	秋的焦點
現象二	秋千把陰影 投射到新漆的盛夏尖端 神話的水瓶剝蝕 在忘卻的深井。	現在輪到 迷失的思想，獨自，撞擊發光
提及的時間點	去年、盛夏、神話	秋

　　藉由「表二」可以清楚發現詩中確切的時間點是「秋的焦點」，也就是描述秋的場域。而「海棠信守去年的陽光」則將回憶藉由海棠表述出來，一如「秋千把陰影／投射到新漆的盛夏尖端」，楊牧以記憶和想像，將詩中A主體的時間感表現出來。正如柏格森指出：「記憶有兩種：第一種進行想像，第二種進行重複。」[22]藉由想像不但修正了「原初的時間意識」，也使讀者感受到詩中A主體的時間性。藉由A主體和B主體「共有這個詩中情境」，楊牧告訴讀者，人際相處間「那邊確實有一個未完的故事／沒有發展好的情節──縱使來生再見／也不可能重寫」。

　　在〈成年禮〉這首詩中，楊牧則將自身移情、投射在他者身上：

　　沙地上只剩幾棵野檳榔

22　〔法〕柏格森（H. Bergerson）著，肖聿譯：《材料與記憶》（北京：華夏出版社，1999年），頁66。

一架望遠的亭，更遠是海和祖先
的靈魂。這些都在我們睜大，透視的眼裡
這些，以及其他
所有的神祕和不神祕

暫時的雨將黑髮淋濕，傾向
回歸線的西北雨，貼到眉毛上
於是咬緊嘴唇不笑表示決心，即使
盛裝的新婦被保護著從水芋田那邊
斑鳩那樣隨鈴聲小步小步走來

我們一字排開，拳頭握緊——
自古就是這樣的，隨時預備將惡鬼戰勝
成年禮後第一次出征的勇士
大腿上垂直刺青了飛魚，吐信的百步蛇
背後簇擁著欽羨的男童，喧鬧著

背後的背後恐怕只是日漸萎縮的
圖騰競技，和傳說，縱使我們都以為我們
曾經記住一些英雄的名字，不確定的
故事，在盲者的歌辭和竹葉
笛聲裡調整，隨風修改[23]

　　這首〈成年禮〉是楊牧中年以後作品中少見淺顯易讀的作品。可

---

[23]　見楊牧：〈失題〉，楊牧《楊牧詩選III》（臺北：洪範書店，2010年9月），頁410-411。

想見是楊牧將自我投射、移情於假想的故鄉原住民少年身上。胡塞爾講述主體對他人的「移情作用」說道：

> 他人的主觀性是在我自己的進行自身經驗的生活之領域中，就是說，是在進行自身經驗的移情作用中，間接地，而不是原初地被給予我的，但確實被給予了，而且被經驗到了。正如過去的東西作為過去的東西只有借助於記憶才能被原初地給予，將來發生的事情本身只有借助於預期才能被原初地給予一樣，他人作為他人只有借助於移情作用才能被原初地給予。在這種意義上，原初的給予性和經驗是同一個東西。[24]

胡塞爾指出，對於他人的認識，必須在「自我主體」的自身經驗中去接受的，透過自身「移情作用」的想像而經驗到，而藉由這種「移情作用」，得以拓展自我的生命經驗[25]。楊牧在〈成年禮〉此詩中，先由想像的原住民少年的視野架構了第一段所敘述的空間。而第二段「暫時的雨將黑髮淋濕」、「盛裝的新婦被保護著從水芋田那邊／斑鳩那樣隨鈴聲小步小步走來」則揭示了此空間情境的時間性。

而詩中所敘述的「成年禮」，這種象徵由少年轉變為「成年禮後第一次出征的勇士」這種過程，本身也具有時間及生命的意涵。楊牧在這首文字淺顯的作品中，不僅藉由故鄉原住民少年的成年禮表述自我跟原鄉的關係，更在最後一段揭示了口傳文學會在歷史中遞變：

---

[24] 〔德〕胡塞爾著，王炳文譯：《第一哲學》（下）（北京：商務印書館，2006年12月），頁246。

[25] 正如游美惠說：「他者／異己是與『自我』（self）相對照的一個概念。他者／異己對於界定『正常』（definingwhat is "normail"）和界定人們的主體位置和相當重要。」見游美惠：〈他者／異己〉，《性別平等教育季刊》第38期（2006年12月），頁80。

「……我們／曾經記住一些英雄的名字，不確定的／故事，在盲者的歌辭和竹葉／笛聲裡調整，隨風修改。」

　　而在《介殼蟲》中，楊牧將自身意識投射、移情到他者身上，且著墨最深莫過於〈老式的辯證〉和〈以撒斥堠〉這兩首詩。

　　〈老式的辯證〉是一首挽詩。楊牧早在少年時期，就曾在詩中對「死亡」有著深刻而豐富的想像[26]。

　　李澤厚說：「在中國人的意識裡，時間首先是與人的生死存亡聯繫在一起的。」[27]死亡是重要的時間現象，迫使人去正視生命有限、時間流動的局限性，巴赫金更直言：「只有有生有死的具體之人的價值，才能為空間和時間序列提供比例關係的尺度[28]。」然而，「活著的人」無法敘述自己的死亡，因此我們僅能藉由經驗「他者的死」讓自我能更認知死亡的本質，這也就是海德格認為為何「他人的死」是一種引人注目的存在現象[29]。

　　因為死亡是如此重要，也僅能從他者身上來觀察。所以，一如簡政珍所說的：「挽詩是對特定事件的反應，但事件之前早就孕育著失落感。」[30]這首〈老式的辯證〉全詩以星光和兩人互動的時間經驗，「辯證」了兩人在生命現場的存有關係：

---

[26] 收錄在《水之湄》的〈死後書〉、〈鬼火〉，可說是楊牧早期對死亡的浪漫想像，見〈死後書〉，《楊牧詩集I》（臺北：洪範書店，1994年），頁17-18。〈鬼火〉，《楊牧詩集I》（臺北：洪範書店，1994年），頁188。

[27] 李澤厚：〈華夏美學〉，收錄於《美學三書》（合肥：安徽文藝出版社，1999年1月），頁267。

[28] 巴赫金（Baxthh, M. M.）著，錢中文主編，曉河等譯：〈論行為哲學〉，《巴赫金全集》第一卷（山東：河北教育出版社，1998年6月），頁65。

[29] 馬丁‧海德格著，王慶節、陳嘉映譯：《存在與時間》（臺北：桂冠出版社，1994年8月），頁324。

[30] 簡政珍：《語言與文學空間》（臺北：漢光出版社，1989年2月），頁174。

探首外望，確定高處並無天使
雖然昨夜嵯峨曾對我顯示
以三兩顆超越的大星，只見
少數旗幟朝一特定方向翻飛
來生的顏色和造型，敷衍，重疊
樓層與樓層間
閃爍的眼睛

「那些不對我構成威脅，丁香或
石榴，月暈裡捕捉不到亡逸的──
充斥文本在圖表和統計數字間
穿梭來去，復仇的女神，那些
──我曾經直探美與真的魂靈」

甚至一直到我們好不容易
盼見的前現代時期，在所有風潮
一一汐退之後，我站在窗口
看兩隻留鳥綠繡眼在樹葉間傳播
他們非季節性的訊息：愛，繁殖
遷徙，死亡。這畢竟存在
在戰前或戰後我們最關心的
話題之列，如何付諸辯論檢驗
終於就形成似是而非的主義
各執一詞，直到我們都有能力
假設它並不存在，如你所說：
「不知神為何給我如此大的懲罰？」

「聽那腳步聲──
我敏感如低溫的水銀在虛無
渺茫中隨記憶滾動，不〈完整的
論述，所有關鍵詞都腐蝕
烙印在鋼筋結構的反面」

你是指早期絡繹來去的
靈魂在大橋正對迎向晨光
升起的那一面？但關於
恐怖征服，旱，槍殺，子彈的
自由心證就是神也不能贊一辭
有的是已經發生，有的即將
發生，在馬廄，在水門附近
在通往港警大樓的走廊，類似
事件有記錄在零星的16釐米
如晚風，入秋以後總附著屋瓦飛
忽然下墜黑暗中沉落深井

「聽那腳步聲──
我悲觀如脫序的花蕊在密閉的
文本裡猶努力辨識火焰與灰燼
最後一次步行通過匣道，短暫分神
幾乎為那流星的速度導致失明」[31]

---

[31] 楊牧：〈老式的辯證〉（輓松菜），《介殼蟲》，楊牧《楊牧詩選III》（臺北：洪範書店，2010年9月），頁442-443。

在這首詩中，星光不僅展現了「天體運行」的時間象徵，也代表了廣漠的宇宙空間及對天使、來生的指涉。而透過「他者（郭松棻）」的追念，用分段及引號的方式，楊牧追憶了郭松棻早期的生命經驗「……關於恐怖征服，監禁，槍殺……」[32]，透過對他者的追述，楊牧不但爲讀者塑造出他所認知的郭松棻特質，同時也表述了他自己藉由郭松棻所呈現出來的時間感懷與存在論述。

　　〈以撒斥堠〉則是楊牧在《介殼蟲》中最長的作品。楊牧曾提及以撒是他在六〇年代認識的猶太人朋友，曾爲了族人到南斯拉夫進行斥堠的任務。此詩是楊牧「戲劇獨白體」的長詩，可說是楊牧對以撒進行「移情作用」所架構出來的戲劇，在詩中可見楊牧想像以撒爲了國族所進行的斥堠行動，而其中不乏楊牧對這個故事的時間想像：

　　……
　　進入野地，見證人們
　　在下一個世代重新製造衝突
　　為神話解說突顯的雷同和歧異
　　為先人流浪的路線
　　某一階段的遭遇
　　懸虛的結局[33]

　　這段文字可說是楊牧對於猶太人歷史的想像和陳述。而楊牧在寫作此詩的二〇〇一年，也在詩中回顧了當時和以撒相處的年代：

　　警醒我們的六〇年代所剩無幾

---

[32] 郭松棻早期參加保釣運動，被中華民國政府長期列入黑名單。
[33] 見楊牧：〈以撒斥堠〉，楊牧《楊牧詩選III》（臺北：洪範書店，2010年9月），頁449。

　　　　嚴格掌握方法，全世界

　　　　無產階級團結起來，打倒一切

　　　　既得利益者。但我們答應絕對

　　　　為新婚的人祝福當然這個季節

　　　　秋天出門向南走是好主意。我

　　　　支持墨西哥勞工身分就地合法

　　　　化，這一點請得便提醒他們——[34]

　　楊牧追憶了以撒任務當年的時間背景，並在全詩最末以：「彎曲的蹤跡永遠不再，像折斷的／童年是河上一枝來不及開花的蘆葦[35]」作結。

　　這首「戲劇獨白體」的詩作，不但顯示出楊牧再駕馭長詩的綿密能力外，也揭示楊牧對於「他者」的生命及時間想像，同時最後則以「童年是河上一枝來不及開花的蘆葦」回到人類共通的「時間原鄉」，正如沈清松所說：「簡單說來，人生的歷程是一不斷在外推中進行自我超越與內省自覺的歷程。外推（strangification）是一不斷走出自己、走向多元他者的歷程。然而，若只有外推而無自覺，則將會有逐萬物而不返的危機。」[36]

　　在楊牧對「他人／他者」的觀察與想像，不但使自己的生命經驗得以拓展並更豐富且深邃了詩作中的生命想像，使楊牧詩作中的生命與時間敘述呈現多元的陳述。

---

[34] 見楊牧〈以撒斥堠〉，楊牧《楊牧詩選III》（臺北：洪範書店，2010年9月），頁454。

[35] 同前註，頁459。

[36] 沈清松著，莊佳珣譯〈從內在超越到界域跨越——隱喻、敘事與存在〉，《哲學與文化》第389期（2006年10月），頁22。

四、他物的時間觀察

在楊牧對於生命或時間的觀察，或許受到他研究《詩經》的影響，蟲魚鳥獸經常是他詩作中的重要主題。楊牧在《介殼蟲》後序提到他寫〈介殼蟲〉一詩的背景：「……唯有這看見的過程，這些引導我去發現它的外在環境如此，活潑的知識誘因如此，多麼直接……這整個情節如果有什麼重要性，不外乎就是它證明我的好奇心還不曾完全消滅，而童年閃亮的記憶仍然發光……看到前生或今世幾已失去的記憶裡，一似乎看過的意象，迢遞而遙遠，心智觸覺於是重複反應，再一次震動，看到那介殼蟲，看到我自己。」[37]

楊牧欣喜於藉由觀察介殼蟲而看到了自己。此詩在第一段即敘述了楊牧自我所處的時空情境，以及對自我的關照：

> 蘇鐵不動在微風裡屏息
> 暖冬野草依偎前排欄杆喧鬧
> 開花，我以遲緩的步伐
> 丈量巨木群後巍巍的暮色成型
> 沉默折衝，學院堂廡之上
> 一個耳順的資深研究員[38]

楊牧敘述了時序為「暖冬」，正如梅洛－龐蒂所說：「我的身體作為我的知覺的導演，已經將我的知覺與事物本身相一致這樣的幻覺

---

[37]　見楊牧：〈《介殼蟲》後序〉，楊牧《楊牧詩選III》（臺北：洪範書店，2010年9月），頁514-515。

[38]　見楊牧：〈介殼蟲〉，楊牧《楊牧詩選III》（臺北：洪範書店，2010年9月），頁438。

顯現出來。」[39]楊牧以自我身體的步伐「丈量巨木群後巍巍的暮色
成型」，將時間及空間場域都表述了出來，同時顯淺地敘述自我是
「一個耳順的資深研究員」。

　　而雖然楊牧寫「介殼蟲」，他卻在第二段先寫「小灰蛾」，藉由
小灰蛾再度細膩地結構詩作裡頭當下的時空場域，第三段則是重要的
轉折，藉由小學的鐘聲回顧自我的童年，從「他物」返回自身的關
照：

　　　　小灰蛾還在土上下強持
　　　　忍耐前生最後一階段，蛻變而
　　　　殘存的流言：街衢盡頭
　　　　突兀兩三座病黃的山巒——
　　　　我駐足，聽到鐘聲成排越過
　　　　頭頂飛去又被一一震回

　　　　完整的心律隨斜陽折射
　　　　在前方：波谷明亮顯示掃描器
　　　　金針下常帶感情，然而，相對
　　　　於遽爾，即刻，啊記憶裡
　　　　那悠遠的鐘，這時撞擊到我的
　　　　無非是一種回聲猶不免誇誕，張揚[40]？

在敘述了自我及周遭時空場域的情況後，在末兩段敘述了孩童和孩童

39　〔法〕莫理斯・梅洛－龐蒂著，羅國祥譯：〈反思與探究〉，《可見的與不可見的》（北
　　京：商務印書館，2008年4月），頁142。
40　見楊牧：〈介殼蟲〉，楊牧《楊牧詩選III》（臺北：洪範書店，2010年9月），頁438-439。

們觀察地上的介殼蟲，表述了自我從「多元他者」處獲得對「生命體
察」的反思：

> 況且，真實的接觸反而不曾在
> 金屬肉身引發感應，或者
> 悉數掩藏在垂長的臺灣欒樹裡
> 就在我失神剎那，音波順萬道
> 強光氾濫，我看到成群學童
> 自早先的大門湧出來
>
> 我把腳步放慢，聽餘韻穿過
> 三角旗搖動的顏彩。他們左右
> 奔跑，前方是將熄未熄的日照
> 一個忽然止步，彎腰看地上
> 其他男孩都跟著，相繼蹲下
> 圍成一圈，屏息
>
> 偉大的發現理應在猶豫
> 多難的世紀初率先完成，我
> 轉身俯首，無心機的觀察參與
> 且檢驗科學與人文徵兆於微風
> 當所有眼睛焦點這樣集中，看到
> 地上一隻雌性鐵蘇白輪眉介殼蟲[41]

41　見楊牧：〈介殼蟲〉，楊牧《楊牧詩選III》（臺北：洪範書店，2010年9月），頁438-441。

楊牧在後序提及，他受到孩童的動作而引起好奇，進一步引發出童年的記憶，但對於「他者／他物」的觀察或經驗，原本就是主體在這個世界上的本質[42]。詩中以「小灰蛾」、「孩童觀察的介殼蟲」揭示了詩中主體對於時間與生命的經驗，楊牧並賦予這樣的經驗「科學與人文徵兆」的說法。

　　在《介殼蟲》中，還有一首〈蜻蜓〉也以「昆蟲」作為主題，這首詩則是細膩地表述蜻蜓所帶來的時間想像，此詩前幾句如下：

　　　　那是前生一再錯過的信號，確定
　　　　且看她在無聲的靜脈管裡流轉
　　　　唯有情的守望者解識
　　　　於秋夜扶桑，網狀的纖維：
　　　　如英雄冒險的行跡，歸來的路線
　　　　在同一層次的神經系統裡重疊
　　　　分屬古代與現在。綿密的
　　　　矩矱空間讓我們以時間計畫
　　　　緊貼著記憶，通過明暗的刻度
　　　　發現你屏息在水上閃閃發光[43]

在楊牧的想像中，蜻蜓的姿態行止成為「前生的信號」、「英雄冒險的軌跡」，進一步藉由此類的觀察，發覺時間和記憶。

　　蜻蜓不但讓楊牧移情假想了「英雄冒險」的歷史，設想古代的情

---

[42]　海德格說：「因為在世本質上就是煩，所以在前面的分析中，寓於上手事物的存在可以被理解為煩忙，而與他人的在世內照面的共同此在共在可以被理解為煩神。」見馬丁·海德格，王慶節、陳嘉映譯：《存有與時間》（臺北：桂冠出版社，1994年8月），頁263。

[43]　見楊牧：〈蜻蜓〉，楊牧《楊牧詩選III》（臺北：洪範書店，2010年9月），頁470。

節，同樣也觸發了他對現在自我的記憶闡述，在此詩後兩段，楊牧則
細膩地敘述蜻蜓的生命姿態，如此詩最後一段：

> 比蜉蝣更親，比子孓更短暫，屈伸
> 自如且溫柔無比，複眼有
> 水光浮動，斜視我前足緊抓
> 她張開的翅，口器咬嚙後頸寒戰
> 不已：尾椎延伸下垂至極致
> 遂前勾如一彎新月，凌空比對
> 精準且深入，直到無上的
> 均衡確定獲取於密閉的大氣——
> 靜止，如失速的行星二度撞擊
> 有彩虹照遠的遠山前景小雨[44]

楊牧對於蜻蜓的觀察和想像，提供了他對於生命及時間的表述養
分，正如沈清松所說：「人之所以會有什麼故事可說，那是因為總是
有著多元他者存在。我們的生命永遠不可能是孤立的，反而總是會與
多元他者相遇。故事總是與多元他者發聲的故事，並且是說來給多元
他者聽的。」[45]藉由對昆蟲的細微觀察與其整體生命歷程的想像，讓
楊牧對於時間與生命情節的演繹與表述，能更加清晰、深邃。

　　除了昆蟲之外，楊牧很早也透過植物生長姿態作為時間的徵
兆[46]，然而收錄在《介殼蟲》中的〈自君出矣〉，更細膩地呈現出在

---

[44] 見楊牧：〈蜻蜓〉，楊牧《楊牧詩選III》（臺北：洪範書店，2010年9月），頁470。

[45] 沈清松著，莊佳珣譯：〈從內在超越到界域跨越——隱喻、敘事與存在〉，《哲學與文化》
第389期（2006年10月），頁33。

[46] 例如《水之湄》中的〈水之湄〉及〈苦苓樹下〉，見《楊牧詩選I》（臺北：洪範書店，
1994年），頁39-40；頁53-54。

時間中物我參照的生命感受：

　　　　虛擬一種象徵為了夢中
　　　　不期而遇且驚喜，小雨
　　　　輕灑發芽的瓜苗，然後太陽傾斜
　　　　照到它出神的窗口寥落為擺設
　　　　逐日抽長，欹靠一節細竹竿盤旋上升
　　　　且交給多情的婦人解析，深刻思維
　　　　或者，空洞的眼神積著一泓秋水
　　　　透視反覆，重疊的古典生物學
　　　　滿月在消瘦，室內供著
　　　　一架曠日不理的殘機[47]

這首詩的第一句「虛擬一種象徵爲了夢中」讓整首詩的時空情境更顯得複雜深邃。而楊牧在詩中敘述的時間意象可明確區分爲室外及室內：

表三

地點	室外	室內
場景句	小雨 輕灑發芽的瓜苗，然後太陽傾斜 照到它出神的窗口寥落為擺設 逐日抽長，欹靠一節細竹竿盤旋上升	重疊的古典生物學 滿月在消瘦，室內供著 一架曠日不理的殘機
動作句	且交給多情的婦人解析，深刻思維	空洞的眼神積著一泓秋水 透視反覆

[47]　見楊牧：〈自君之出矣〉，楊牧《楊牧詩選III》（臺北：洪範書店，2010年9月），頁406。

從「表三」中，可清楚發現楊牧藉由植物生長抽長的生命意象，與「古典生物學」的死物對比，而「逐日抽長」與「滿月在消瘦」則是明確的時間敘述。

透過此詩動作句的對比，楊牧讚美了相較於無生命的「古典生物學」，生命在時間流中具有令人深刻思維的價值與意義。

而楊牧在〈臺南古榕〉這首詩中，則把「古榕」此植物的象徵，視為某種記憶的原鄉：

> 那裡我去過，中斷的劫數
> 在地理板塊遷移，產生
> 擠壓現象以前，曾經趺坐
> 久久，體驗巨大的孤獨
>
> 風雲在山區和草原飛
> 海水銜接處浮波洶湧似血
> 因心魔造次尋找不到出路：
> 累積的憂鬱世紀曆法上重疊
> 烈日曝曬中止的意志
> 閃爍金光喧嘩，勢必——
> 身後江如山陵線游離
> 唯我自在空白無邊際
>
> ——且被多次造訪，隔著
> 著火的柵欄呼喚，使用臨時的
> 名字，一些有聲符號，和手語

　　　　叫我分心墮落如生澀的菩提[48]

這首詩以「那裡我去過，中斷的劫數」先敘述了楊牧與「古榕」的關聯，進一步「……曾經趺坐 / 久久，體驗巨大的孤獨」，藉由「同感」的移情想像，而引發出後兩段的敘述。

　　正如倪梁康所說：「陌生的世界通過共現而在我的周圍世界中被宣報（behundet）出來。換言之，對這個陌生世界的統攝只有通過共現的連結才能完成。」[49]楊牧在詩中建構一個豐富多元的世界，並進行時間及生命現象的表述，即透過了自我和「臺南古榕」的「共現」所「宣報」出來。

　　在文學作品中爲了表述時間，必然有他者的在場。例如楊牧在此詩中首段敘述「那裡我去過」，末段敘述「──且被多次造訪」。

　　而從末段改用被動的「──且被多次造訪」，可察覺楊牧在〈臺南古榕〉此詩的第二段開始，改以「臺南古榕」作爲第一人稱的視角來進行敘述，藉由移情的想像，更深刻地表述植物的生命徵象在時間流裡的演繹。

五、結論

　　本文從「天體運行及時序」、「他者」及「他物」幾個面向檢視楊牧在《介殼蟲》中對生命世界的「好奇」，以及對時間想像與表述。

　　個人的生命經驗及時間想像必然在對世界的好奇中拓展，而各種時間的綿延並非可輕易發覺，正如龔卓軍說：「各種綿延本身並不是

---

[48] 見楊牧：〈臺南古榕〉，楊牧《楊牧詩選III》（臺北：洪範書店，2010年9月），頁416-417。

[49] 倪梁康：《意識的向度：以胡塞爾爲軸心的現象學問題研究》（北京大學出版社，2007年），頁159。

外在地相互接壤，而是在本質上相互交錯切分。每一種綿延在他自身
之中都包含了對於其他層次的痕跡與記憶。」[50]

　　楊牧長年在詩作中經營時間意識與自我生命探索的意象，從其最
早的詩集《水之湄》即能觀察他敏銳地對自身周遭環境的時間現象進
行反思並轉化成詩語言，然而這本《介殼蟲》詩集中，楊牧特意以
〈介殼蟲〉此詩作爲詩集名稱，可見楊牧意圖藉由像昆蟲此類這麼微
小的「微物他者」所觀察到的生命徵象來表述其時間思維。

　　而《介殼蟲》詩集中，也可以看到楊牧對於「時間」表述，除了
轉移到「微物他者」的詮釋外，更細膩地藉由「心」、「意識」等抽
象且細微的敘述來呈現他這個創作時期的時間意識。

　　而藉由此論文的闡述，可看見楊牧在這個時期如何對時間及生命
世界產生各種「好奇」及想像，並用精確而深邃的比喻呈現出來，可
從《介殼蟲》中看見其對生命的想像及探索，對時間的觀察與自我表
述，同時也能更察覺到楊牧詩作的藝術及思想價值。

參考書目

書籍

楊牧：《楊牧詩集I》（臺北：洪範書店，1994年）。

楊牧：《楊牧詩選III》（臺北：洪範書店，2010年9月）。

阮元編：《十三經注疏・尚書》（臺灣：商務印書館，南昌府學刻
　　　本）。

簡政珍：《語言與文學空間》（臺北：漢光出版社，1989年2月）。

楊義：《中國敘事學》（嘉義：南華管理學院，1998年）。

李澤厚：《美學三書》，（合肥：安徽文藝出版社，1999年1月）。

---

[50]　龔卓軍：〈身體感與時間性〉，收錄於龔卓軍著《身體部署：梅洛龐蒂與現象學之後》，
　　　（臺北：心靈工坊，2006年9月），頁115。

陳芳明：《深山夜讀》（臺北：聯合文學，2001年）。

林明德編：《臺灣現代詩經緯》（臺北：聯合文學，2001年6月）。

賴芳伶：《新詩典範的追求──以陳黎、路寒袖、楊牧為中心》
　　　　（臺北：大安出版社，2002年）。

簡政珍：《放逐詩學：臺灣放逐文學初探》（臺北：聯經出版社，
　　　　2003年11月）。

陳怡菁：《文化尋根與歷史定位──現代詩中的海洋文化軌跡》
　　　　（臺北：文津，2006年3月）。

焦桐編：《2006臺灣詩選》（臺北：二魚出版社，2007年）。

倪梁康：《意識的向度：以胡塞爾為軸心的現象學問題研究》，
　　　　（北京大學出版社，2007年）。

高清海：《哲學與主體自我意識》（北京：中國人民大學出版社，
　　　　2010年12月）。

西方譯著

馬丁・海德格著，王慶節、陳嘉映譯：《存在與時間》（臺北：桂冠
　　　　出版社，1994年8月）。

巴赫金（Baxthh, M. M.）著，錢中文主編，曉河等譯：《巴赫金全
　　　　集》第一卷（山東：河北教育出版社，1998年6月）。

胡塞爾著，楊富斌譯：《內在時間意識現象學》（北京：華夏出版
　　　　社，1999年9月）。

柏格森著，蕭聿譯：《材料與記憶》（北京：華夏，1999年）。

胡塞爾著，王炳文譯：《第一哲學》（下）（北京：商務印書館，
　　　　2006年12月）。

莫理斯・梅洛─龐蒂著，羅國祥譯：《可見的與不可見的》（北
　　　　京：商務印書館，2008年4月）。

漢斯・萊納・塞普編，倪梁康譯：《文章與演講》（胡塞爾文集）
　　　　（北京：人民出版社，2009年5月）。

學位論文

何雅雯：《創作實踐與主體追尋的融涉：楊牧詩文研究》（臺北：臺灣大學中國文學研究所碩士論文，2001年）。

徐培晃：《楊牧詩風的遞變過程》（逢甲大學中國文學所碩士論文，2005年）。

期刊論文

游美惠：〈他者／異己〉，《性別平等教育季刊》第38期（2006年12月）。

沈清松著，莊佳珣譯：〈從內在超越到界域跨越──隱喻、敘事與存在〉，《哲學與文化》第389期（2006年10月）。

Between Life and Death: the time description of Scale Insects by YangMu

Abstract

YangMu's intention to explore his own position in time, space and the beginning of life by poetry is clear. His poems often take life journey as the start point, searching for the abstract higher life value by reference of "the others." This study employs YangMu's Scale Insects as the study object, discussing several issues from "time observation of time sequence and celestial" and "life observation of the others." The study presents YangMu's curiosity and imagination of time and life, and how he describes them by precise metaphor. Scale Insects unfold YangMu's imagination and exploration of life, time observation and self-description, and the value of art and thoughts of YangMu's poetry.

Keywords: YangMu、Scale Insects、TIME、phenomenology

移動與敘事：論葉日松的旅行詩

謝玉玲[1]

摘要

　　「旅行書寫」近年來受到創作者與研究者高度的關注。綜觀這此種主題文類，實能展現旅者個體主觀的感悟，其對客觀景物的描摹，亦蘊含對生命經驗的探索與追尋，展現自我意識與心靈自由，進而體驗人生、品味人生。本文以客籍作家葉日松先生的新詩作品爲主要考察對象，輔以詩作創作相互連結之部分散文作品加以論述。並運用佛洛伊德之心理符號機制，從再現、差異、認同、批判、調整等五種面向進行探討，分析其觀點與寫作策略，並聚焦其作品之美學展現與關懷。此外，亦著重梳理空間移動帶給旅行者的意義，以及作者對旅程的參與和觀察。同時，當地景描繪轉變爲人文風景敘事時，置身其中的旅者勢必將引發種種思考與啓示。本文嘗試對葉日松的旅行書寫提出閱讀觀察，期能對其創作風格有更深刻的認識與體現，並探討旅行與書寫之間所產生的多元意義。

關鍵詞：旅行書寫、空間移動、葉日松、敘事性

1　國立臺灣海洋大學共同教育中心副教授兼語文教育組組長。

一、前言

　　葉日松（一九三六一），臺灣花蓮人，客家籍現代詩文知名作家。自民國五十二年（一九六三）出版第一本詩集《她的名字》起，現代詩歌、散文創作不輟，迄今已超過五十年，著作包含詩集、散文集、兒童文學、客語詩歌等，計有三十餘種；相關創作獎項如國軍文藝金像獎短詩首獎、中興文藝獎章、中國文藝獎章等。葉先生同時致力於客語詩歌、童謠創作，在客語推動及客家文學的開創上備受肯定，二○○九年獲行政院客家委員會客家貢獻獎之文學傑出成就獎，及花蓮縣九十九年度文化薪傳獎，目前相關客語作品計有十餘種。

　　葉日松之創作不僅數量甚夥，若從主題內容觀之，題材多樣，舉凡鄉土地景詩、記遊詩、生活感悟詩，乃至於童謠、專爲青少年書寫的詩歌、客家歌舞劇歌詞或中詩日譯等，無一不可入詩文，足見作家關懷層面廣泛。

　　時代不斷演進，經濟益發繁榮，交通往來便利，全球化風潮的崛起，前往世界各地已不再是難題。因此，外出「旅行」，成爲當代眾人生活的一種「必要」，並且透過書寫與照片，記錄與傳遞旅遊見聞[2]。楊澤認爲：「旅行在今天，好比候鳥的遷徙，從北半球移到南半球，從南半球又飛回北半球，說穿了，其實是一種集體的度假儀式，一種感染力最強的『全民運動』。」[3]旅行書寫因自一九九七

2　胡錦媛即認為：「自九○年代以來，經濟力的提昇、全球化的願景、對異國的想像與緊張沉重的生活壓力，使旅行爆炸地成為臺灣全民生活的『必要』，一種持續進行的集體儀式。」參見胡錦媛〈臺灣當代旅行文學〉，收入陳大為、鍾怡雯編《二十世紀臺灣文學專題Ⅱ：創作類型與主題》（臺北：萬卷樓，2006年），頁171。

3　楊澤：〈在文明的邊緣流浪〉，收入舒國治等《國境在遠方》（臺北：元尊文化，1998年），頁12。

年中華航空連續三年舉辦旅行文學獎，逐漸形成一門新興的「顯學」，與飲食書寫呈現分庭抗禮的姿態。胡錦媛指出：「旅行文學」可說是「臺灣當代發展得最為最為迅速廣泛的文類，有評論家甚至宣稱旅行文學為臺灣當代的『時代文學』。」[4]時至今日，各式各樣以「旅行」為主題的書籍往往盤據在書店最顯眼處，它們不同於導覽手冊或旅行參考用書，得到讀者相當程度的關注；同時也由於網路的普及，以及個人部落格與社群網絡的推波助瀾，在傳播媒介方面不再僅限於傳統的報章雜誌，因旅行而產生的全民書寫能量，持續不斷在積蓄與展示，成為「旅行」活動中最重要的衍生副產品。

　　旅行書寫的前提必然事先有一場旅行，經由身體移動的實際經驗與實踐歷程，才能進行書寫活動。旅行書寫不必然是紀實，但是在實體移動與想像中間如何進行跨界的繫聯與訴說，自我與他者的差異，家鄉與遠方的對照，成為吾等面對旅行書寫的內涵與意義探索時，極為重要與充滿興趣之所。孟樊認為旅行文學的內容，應該來自於作者個人旅行的體驗，也就是從旅行經驗所產生的文學，而非「純想像的遊記」，卻也不能背負紀實的包袱，而變成「流水帳式的筆記」[5]。旅遊詩則受限於文體本身的性質，「紀遊詩較難以在敘事上發揮所長，『言志』反而常成為它主要的訴求，當然，寫景功夫的高低仍然是作為一首好詩的評判準據」[6]。由此觀之，旅行詩歌的書寫，當是有所為、有意圖的創作，並非僅是走馬看花的旅遊流水帳。

　　檢視葉日松的作品，特別是一些與旅行相關之創作，益發顯其詩文的寧靜與理性。相較於作者在他類主題作品中所展現的明快與熱情，這樣的基調實有待吾等深入探究其審美經驗與書寫策略。本文對

---

[4]　參見胡錦媛：〈臺灣當代旅行文學〉，《二十世紀臺灣文學專題Ⅱ：創作類型與主題》，頁172。

[5]　參見孟樊編：《旅行文學讀本》（臺北：揚智文化，2005年），頁8。

[6]　同註5，頁17-18。

葉日松的旅行書寫提出閱讀觀察，並進行叩問與討論；在文本範圍的
選擇上，以作者出國遠遊作品為主，臺灣區域書寫為輔，展開旅行詩
歌作品的梳理。在研究方法上，利用佛洛伊德（Sigmund Freud）所
說的心理符號機制（semiosis），透過再現、差異、認同、批判、調
整等五種面向進行探討[7]，分析其觀點與寫作策略，並聚焦其作品之
美學展現與關懷。筆者關切重心在於梳理空間移動帶給旅行者的意
義，作者對旅程的參與和觀察，同時從地景描繪轉變為人文風景敘事
時，對置身其中的旅者將引發何種認同與反思，期能對葉日松的創作
風格有更深刻的認識與體現。

二、地景與物色：敘述者的地方感

　　旅行是一種自主與主觀的行動，不同時代形成不同的旅行模式，
自然也產生不同的旅行意義。艾北理（Georges Van den Abbeele,
1980）認為旅行就是疆域越界。他說：

> 大概沒有比旅行更瑣碎的事，也沒有東西比下定義更
> 嚴謹的事。的確，探討旅行不可能孤立思索。理由在
> 於：旅行，若得下定義，即是抵抗任何拘牽羈縻（定義
> definere一詞，旨在釐定疆界，樹立圍牆）。旅行就是疆
> 域越界。[8]

　　經由空間的移動，旅者有機會親身觀看異地的風景與差異，而遊

---

[7]　運用此種方式進行旅行文學研究，可參見參見廖炳惠：〈旅行、記憶與認同〉，《當代》
175期（2002年3月），頁84-105。

[8]　轉引自陳長房：〈跨越疆域：論後現代英美文學〉，《中外文學》27卷5期（1998年10
月），頁6-39。

記通常記載旅者離開他所熟悉的環境，進入另一個陌生，或不太熟悉的區域。在此移動的過程中，旅者心理必然會受到種種刺激與影響，無論是喜悅、好奇、恐懼、驚異，還是焦慮等種種情緒，透過書寫，行諸文字，吾等可見旅者書寫的目的不必然是爲了成爲作家，更重要的是，透過書寫展現生命的強度與能量。席慕容認爲：

> 旅行的意義在脫離日常生活的軌道、在撤除界線、在放鬆自我、在融入他鄉、在嬉戲中的觀察與反省。[9]

蔣勳對於「旅行」的意義，也提出了看法：

> 現階段臺灣的旅行，在一定程度上有了自信，有了政治開放、經濟富裕、個人價值解放後一種迎向世界的開朗、健康，一種求知的積極，一種經驗自己，也經驗世界的大氣的愉悅。

他認爲眞正的旅行，應該是「生命價值的印證，眞正的『旅行文學』也一定是生命經驗的提高與擴大」[10]。而旅行的重要性與書寫旅行經驗的理由，若依洛克所言，透過旅行「人類的認知得力於接納與刺激。如此，你自然可以『傾力耗盡』周遭一切能量，改變必要的地理場域。職是，旅行成了刻意發展心智，累積知識的必要條件」[11]。葉日松在第四次出國後，曾表示出國旅遊可以增加見聞，也可以藉此開拓胸襟，更重要的地方在於「一個人不要太短視，要把眼光放

9　參見席慕容：〈祝福〉，收入《國境在遠方》（臺北：元尊文化，1998年），頁19。

10　參見蔣勳：〈生命的提高與擴大〉（第一屆華航旅行文學獎評審感言），《中國時報・人間副刊》1997年6月1日。

11　參見陳長房〈跨越疆域：論後現代英美文學〉，《中外文學》第27卷第5期（1998年10月），頁10。

大。爲人處世，更要有寬闊的心胸。特別是寫文章的人，必須向整個宇宙索取任何資料，才能豐富作品的內容」[12]。因此，他認爲作家筆下的情感敘寫，不應有國界的分別。

　　大抵而言，旅行書寫會涉及線性的時間，並與對已完成的客體「事件」進行重述與主體詮釋。一般旅者多半採取開放且流動的視角進行觀看周邊風物，同時或事後進行感受與思考。旅行書寫對不同作家與讀者，能夠產生不同層面的影響，除了地點的心嚮往之，也有敦促行動的追隨，乃至於事後書寫活動的再現，甚或帶有隱微的彼此較勁意味。旅行書寫在本質上與旅遊手冊、旅遊書不同，若以空間理論與語境分析觀之，當代理論的空間隱喻，特別在文學和文化研究裡，反映新的認知思維，邊界或疆域乃是社會和文化建構的理念。這樣的認知也激發我們產生新的關注，即「鑑於邊界可以作爲內涵與排他的標記，或是權力的臨界點，任何意圖逾越、修正，或是抹拭邊界的行爲，皆可能衍生顛移和破壞」[13]。透過旅行書寫可揭示出微視與宏觀面向的剖析，同時也展示當代政治、社會與文化視域下的旅行模式、敘述慾望、創新議題與批評思索。綜觀旅行書寫在表述結構上，可粗分爲「話語系統」和「時間歷程」[14]；「話語系統」方面可分爲動身「旅行」與事後「敘述」，「時間歷程」方面又可分爲「行前（含動機）」、「啓程」、「行旅過程」、「賦歸」。這種形式結構幾可含括每趟旅程的書寫表達，當然不同旅者的書寫不全然兼備此等結構，或另有其獨到的創發。

　　以〈香江夜色〉[15]一文爲例，作者站在旅者的角度，客觀地對所

---

[12]　參見葉日松：〈社會愛心篇㈥開拓心胸，放眼世界〉，《生命的唱片：葉日松散文選》（花蓮：花蓮縣立文化中心，1993年），頁156。

[13]　參見陳長房：〈跨越疆域：論後現代英美文學〉，《中外文學》27卷5期（1998年10月），頁9。

[14]　參見楊雅惠：〈時空越境，國族療傷：日治初始梁子嘉《日東遊草》的旅行敘述〉，《國文學報》54期（2013年12月），頁185-220。

[15]　參見葉日松：〈香江夜色〉，《生命的唱片：葉日松散文選》，頁194。

走過之香港港市風光多所著墨，從中可看出其對繁華國際大都市的審美觀照與實際的體會。如：

> 夜晚的維多利亞港，是靜靜的，因為所有的霓虹燈和活躍了一天的大小舟子，都在靜靜地休憩了。香港的夜景，其最大的特色，是五彩繽紛的霓虹燈，不跳躍、不閃爍，只有啓德機場的指示燈、導航機在那裡自由地閃耀。……
>
> 香港的樓房，密密麻麻，像火柴盒堆砌起來的世界，依山面海，風景秀麗。街道上，電車、計程車、雙層公車、機車以及熙熙攘攘的人潮，自然構成一幅繁華的熱鬧景象。

霓虹燈、電車、計程車、熙攘人潮，都是「都會」的象徵符號，葉日松眼中的香港風景，也和一般遊客對香港的基本印象吻合。再如〈那年初冬，我在東京〉[16]一詩，詩作的第一段，作者寫道：

> 櫻花還在她的化妝室裡／塗抹口紅／雪，也還在北海道的山中／孵著他的夢／她們的遲到／顯然是對自己食言

一聽到櫻花，很容易就讓人與日本產生聯想，此時東京的櫻花未開，詩人因此說櫻花還在化妝室，正在做綻放的準備。北海道的雪祭，世界聞名，然此時東京正值初冬，尚未大雪紛飛，櫻花季也還未到來。這裡作者使用了兩個足以代表日本的意象：櫻花與北海道，讓

16　參見葉日松：〈那年初冬，我在東京〉，《葉日松詩選》（花蓮市：葉日松自印，花蓮縣文化局補助出版，2010年），頁55-59。

讀者馬上就可以知道作者擬敘述的時空環境。

每個地方都有屬於它們獨特的風景，其中能夠引起遊客興趣者，多半是以奇特型態之姿出現，如翠綠湖光、嶙峋奇石、奔騰海潮。而不同的風景自然能營造不同的關注，進而與人文思維相連結，成爲所謂的文化景觀。風景元素源自於自然界，但辨認風景的眼光，則來自於觀察者的思維，進而使得每處的風景不僅是一個現象存在，同時也是一種認識與感受，或者積極地形成一種文化概念或特定區域的文化。正因爲每處「地景」會記錄著隨時間而來的變遷，記錄文化的演變與遺留獨特的軌跡，累積形成有如不斷刮除重寫的羊皮紙（palimpsest）。即指先前銘寫的文字永遠無法徹底清除，隨著時間過去，所呈現的結果會是混合的，正因刮除重寫，呈現了所有消除與覆寫的總合。地景的概念也相似，是隨著時間而抹除、增添、變異與殘餘形式，豐富地顯示出當地文化的演變。而不斷被重新塑造的地景，以及塑造著民眾生活的地景，成爲文化重要的記憶庫[17]。

在書寫對象的選擇方面，大部分的旅行敘述多是在普遍性和特殊性上做取捨，並與主觀的思維進行連結與操作。《文心雕龍》卷十〈物色第四十六〉篇中，直接談及「風景」。劉勰指出，「物色之動，心亦搖焉」，因爲四時的變化，人心也受到感染，「詩人感物，聯類不窮」，而運用文字記錄模擬情狀，也因此劉勰認爲對風景的認識與態度，應該是「自近代以來，文貴形似，窺情風景之上，鑽貌草木之中」。旅人應該深入觀察風物景色，研究花草樹木的狀貌，這當然是一種寫作的要求，通過風景的召喚，發揮想像力，讓自然山水成爲基本書寫模擬的對象，進而以動態的方式展現草木風雲非全然靜態之姿。草木風雲雖是客觀自然的物質，經由書寫，連結靜態物質與動態，實可形成另一種不同形式的景觀向度，帶出對風景的思

---

[17] Mike Crang著：王志弘、余佳玲、方淑惠譯，《文化地理學》（臺北：巨流圖書有限公司，2003年），頁27-28。

索。葉日松在日本阿蘇火山遊歷時，他寫下映入眼簾的景觀與對自然生態保護的思考，他說：

> 沿著蜿蜒的山路，我欣賞了紅黃藍綠的繽紛世界。因為藍天底下的翠綠山坡，公路兩岸的楓樹和一些枯黃的枝椏，著實令人陶醉，令人舒暢。當車子進入阿蘇山的高原時，我看見那粗獷豪放的山坡上，片片翠綠點綴其間，那便是人工辛勤和日本政府長遠計畫得來的成果——人造森林，而那些人造森林，大都屬於杉樹和檜木，甚至於松樹。他們對於山坡地的利用和開採，都有一定的規劃和原則，無怪乎在自然生態的保護方面，有著十分可觀的成就。[18]

另外在遊箱根時，作者認為當地景觀充滿靈秀之美。

> 箱根的「蘆之湖」，其面積雖然並不大，也沒有日月潭的湖光山色。但是，湖的四周，確有層層疊巒環繞湖邊的袖珍樓閣，把碧綠的湖，點綴得迷人可愛。遊艇在湖面上寫著輕盈活潑的詩篇，天空的白雲，滑過湖面時，也激起了輕柔秀麗的波浪。我和朋友們，站在遊艇的甲板上，任初冬的山嵐，拂去我心中的所有煩憂。[19]

事實上，這些都是跨界旅遊所產生之感思轉化而成的精彩描寫，不僅敘述自然景色，也記錄了不同區域的生活樣貌與人文活動。然

---

[18] 參見葉日松：〈寫在湖面上的詩篇〉，《生命的唱片：葉日松散文選》，頁190。
[19] 同前註，頁191。

則，作者如何藉由越境之旅，觀察省思自我與他者的文化差異？同時
藉由旅行書寫，展現其人文關懷？更重要的是，作者將視覺景觀，透
過地理意象與時空意識，書寫編織出一片動人的繁花盛景。每趟旅
程，觀看風景是最基本的動作，從一地到一地的移動，除了客觀風景
的變換之外，旅者主觀的閱讀風景，從風景自主的樣貌所帶給旅者的
觸發，到探索人文活動與文化場域的變遷，亦是一段啓發個人主體意
識，進而追尋生命價值意義的一段旅程。

三、銘刻的記憶：葉日松旅行詩文的書寫策略

　　對於旅行書寫的樣貌，每個作者各有其想像與預設，成果也不盡
相同。然而，書寫敘述一段旅程，必定全然紀實，而不能有虛構的成
分嗎？法叟（Paul Fussell）認爲：「旅遊文本屬於回憶錄性質的次
文類，自傳性的描述……此外，這種描述——與長篇小說或傳奇文類
的模式不同——或明或暗，不斷指涉描述內容確有其事，並且肯定此
類形式的文學眞實可信。」旅行書寫與自傳之間的關係密切。雷班
（Jonathan Raban）也認爲記憶是開啓旅行書寫之鑰，因此他認爲旅
行文學是一種混合錯雜的形式，含攝許多不同文類。他說：

　　　　以文學形式論之，旅行書寫是一種聲譽不高的開放形
　　　　式，極端不同的文類涵融冶於一爐。旅行書寫包含私人
　　　　日記、散文、短篇故事、散文詩、未經琢磨的摘錄，或
　　　　是進餐時主人慇懃有加，待客雅興的閒談。旅行書寫自
　　　　由地混雜敘述和話語的寫作。許多「事實」資料，諸如
　　　　帳單、菜單、票根、名姓與地址，日期與目的地，皆存
　　　　留其間，留待讀者辨識書寫內容的真僞，雖然大部分的
　　　　書寫純屬虛構；雖然其想必虛擬之處所在多有，但是其

中仍有真實載錄的部分。[20]

　　德勒茲（G.Deleuze）對於文學作品中的關鍵詞彙——「虛擬」，曾提出以下看法：

> 沒有任何物體是純粹當下的，所以當下都纏繞著一團虛
> 擬影像的迷霧。這團迷霧自或遠或近的共存循環中湧
> 現，虛擬影像則散發與奔馳於上。如是，每顆當下的
> 微粒以不同次序射散及吸收或遠或近處的虛擬。所謂虛
> 擬，是由於其散射與吸收、其創生與毀滅發生在一段比
> 可思考的最短時間更短的時距內，而且這段極短促的時
> 距自此一種不確定或無法決斷的原則維繫著虛擬。所有
> 當下都纏繞著不斷更新的虛擬性循環，每個循環都射散
> 出另一個循環，且所有循環都圍繞與反應著當下。[21]

　　德勒茲認為每個「當下」（actuel）的事物狀態其實都是特定概念所具有虛擬性的具體化，因此概念與事物狀態的唯一關係，是純粹的差異。所有事物都可以剖分為虛擬和當下兩個部分，當下指設一切事物的狀態，亦即我們在每一個瞬間所感受的知覺或經驗，而虛擬則是促使當下出現的能量。因此對德勒茲而言，這兩者都是「真實」的[22]。

　　作家書寫旅行的所見所聞，當然得以重構編織再現地方，並認識

---

[20] 引自陳長房：〈建構東方與追尋主體：論當代英美旅行文學〉，《中外文學》26卷4期（1997年9月），頁32-33。

[21] Deleuze, Gilles. *Dialogues* (avec Claire Pamet,) . Paris: Minuit, 1975. p.179.此段引文之中譯，另見楊凱麟：〈虛擬與文學：德勒茲的文學論〉，《中外文學》28卷3期（1998年8月），頁42。

[22] 參見楊凱麟：〈虛擬與文學：德勒茲的文學論〉，《中外文學》28卷3期（1998年8月），頁42。

異地空間的社會秩序與規範；而虛擬與眞實交錯的書寫，亦可帶給閱讀者一些屬於閱讀經驗的思考與樂趣。因此梳理作者對旅行一事的書寫策略，亦可觀察作者的構思，以及是否期待給予讀者不同的感受與吸引，同實展現作者在書寫方面的獨特才情與創新觀點。

　　在葉日松的旅行散文中，常結合人文風物景觀，啓發對季節與生命的正面思考，敘事多以線性時間與紀實手法進行。如在〈多情的海岸〉一文中提到和南寺的壯麗，作者說：

> 和南寺位於鹽寮的海邊，在海岸山脈的丘陵斜坡之上，建築宏偉，氣象萬千。從寺門牌坊到最高的大佛像，幾百公尺的距離，分為四段階梯，每一段階梯，都有數十級的石階，沿路而上。石階的兩旁，種滿了花木和杜鵑，可惜的是，這些杜鵑花大半已凋謝了。如果我們早在一個月前來造訪，便不會有傷春的心情，這真是「送春春去幾時回」的場面啊！所幸，這裡的山水，不會因為杜鵑花的凋落而失色。山依舊蒼翠，草依然芳綠，放眼望去，一片調和的景色，生氣盎然，充滿了青春的活力。[23]

　　葉日松的三十一首旅遊詩篇中，有三分之二則幾可視爲敘事長詩，詩歌內容聚焦在當地的人文風貌與特徵，並穿梭於史實和當下，展現詩人的同情與反思。以〈旅遊筆記〉[24]一詩爲例，其敘寫主題是越南，全詩結構由四部分組成：第一部分是書寫西貢的變遷，第二部分是書寫北越河內一位坐檯小姐的身世，第三部分是敘寫越戰

---

[23] 參見葉日松：〈多情的海岸〉，《生命的唱片：葉日松散文選》，頁139。
[24] 參見葉日松：〈旅遊筆記〉，《葉日松詩選》，頁99-102。

遺跡的胡志明市古芝地道，第四部分則是針對北越世界遺產「下龍灣」的書寫。葉日松這首詩記錄了一趟越南旅程，全詩以越南的變遷為主軸，詩人身處其中，並聯想所及相關的歷史人物，以及受影響的越南民眾生活，同時也記憶越戰的摧殘。最後回到當下已開放旅遊，朝向現代化邁進的越南，旅人甚或可到北越去遊賞景致。面對越南經歷南北越分治，民主與共產主義的對抗，到南越淪陷的歷史過程，足以令人感嘆世事的變化莫測。

1.西貢不再是西貢了
阮文紹捲走了十六噸黃金以後
西貢的天空便不再有笑容了
總統府上的黃星紅旗
每天也以慵懶的姿勢在默唸胡志明的遺囑
「十七度線」已在一九七五
被解放的歷史辭典收藏了起來
西貢不再是西貢了

「大使館」遷到河內去了
這裡的扒手和乞丐也多了
鬧區的百貨公司沒有電梯、冷氣
所有的道路沒有黃白線
破舊的車子一路按喇叭
短小的紅綠燈發揮不了什麼功能
住家沒有電話
公安人員的月薪六十萬越幣

五百萬人無奈的面孔都朝向明天

把日子擠得喘不過氣來
無所事事的人　坐在門前喝茶

年輕的少女
騎著機車窮追觀光客
於是西貢河的春色便氾濫了起來

一陣午后的西北雨
把西貢的行道樹給叫醒了
而「古芝地道」的槍聲
也隨著老美回國度假去了
我悠閒地在異國的巴士上午寐

　　南越的首都是西貢，後改名為胡志明市。一九五四年法國結束在越南的殖民統治，一九五五年越南共和國（南越政府）成立，一九六七年阮文紹（一九二三－二○○一）當選南越總統，直至一九七五年南越淪陷前夕。當時阮文紹匆忙離開越南時，有一說法他帶走越南國庫中的十六噸黃金（也有說法是一噸或三噸）。因此詩的第一小段就以阮文紹的流亡宣告了越南的淪陷，西貢被北越共產黨解放後，也失去了首都的地位，而越南的首都遷到北越的河內。西貢整座城市開始混亂，治安不佳，經濟衰退。作者一邊緬懷思考過去的越南歷史，無論是百姓的生活與經濟的無著，是一段陷落的歷程。因一陣西北雨將作者喚回現實，現在的越南已經開放，世界各地的人都可以去觀光旅行，「古芝地道」原為當年越南抵抗法國殖民統治所建造的地道，有些還沿用至越戰時期，成為抗美的重要地下基地，現代遊客還可以親身參與「實彈射擊」。越戰結束了，美國人離開了，詩人因此形容古芝地道的槍聲也寧靜了。這是一段沉重的歷史記憶，但在

詩人筆下卻是具象又輕描淡寫地僅用了兩句詩句就總結了一段歷史
的過去，前四段的重量，在這第五段轉爲輕快明朗的心境，最後一
句「我悠閒地在異國的巴士上午寐」，讓詩作進行三次的時空的轉
換：從沉重的歷史感中因「西北雨」聲回到現實→古芝地道的槍聲回
想過去→當下，悠閒地在巴士上午寐。詩人清楚地抽離思緒，回復成
爲異地旅行的旅者，透過觀看行動，見證一個國家的興衰與改變。

　　再如〈東北五首〉[25]可視之爲組詩，也是敘事詩。全篇共由五
首詩組成，其中值得關注的是一到三首，分別是〈憑弔二〇三高
地〉、〈和童年一起旅行〉、〈寫給溥儀的詩〉。這三首詩的書寫
視角與主軸是從日俄戰爭到僞滿洲國，回顧中國東北地區的歷史
變遷。詩人藉由旅行檢視緬懷歷史的痕跡，並抒發對歷史人物的喟
嘆。以〈和童年一起旅行〉爲例：

　　　我和童年一起去旅行
　　　一起去長白山和興安嶺狩獵
　　　一起去閱讀二〇三高地的夕陽
　　　一起去會晤早已貶值了的不老草
　　　一起去充當貂皮的模特
　　　一起去看看年輕傀儡的模樣
　　　一起去速寫蒼涼的地平線
　　　一起去塞外春城走一回十里長街
　　　一起去踩龍恩殿前的那一塊玉石板
　　　一起去吃一頓天下第一的邊家水餃
　　　一起去坐軟席火車到更北更北的邊陲
　　　一路上我們依舊不忘：

25　參見葉日松：〈東北五首〉，《葉日松詩選》，頁201-206。

「我的家在東北松花江上……」
一路上都在蒐集小小的風景明信片
寄給遠方的那片雲

從來就沒有如此接近
接近風中仰望的白樺和楊柳
接近苦難的平民窟
接近鐵路兩旁飛揚的煤煙
枝椏上的萬國旗
接近幾乎被遺忘的高粱
接近每一棵探頭叫春的桃花
接近每一座吶喊革命的城市
接近滿洲國的偽皇宮
接近松花江上擺渡的老漁夫
去找一些人物作專訪
去寫一篇沒有學分沒有學位的論文

只是乃木希典不在
東鄉平八郎也回東京去了
馬卡洛夫的軍艦失事
康特拉琴柯則回彼德堡
在亞力山大羅維基寺院去做彌撒了
我只有無奈地、拚命地向旅順的老婦人
向每一個山頭的荒野石縫
每一顆斑駁了的彈痕
要資料要圖片要故事

我和童年一起旅行
去找一些人聊天
去聽一些人發牢騷
去覓一些絕版的線裝書
去買幾條便宜的領帶和人蔘
去上一次古老的教堂
去逛一趟找不到出口的地下街
去設計一次冰雕的圖案
去拍一次心情的寫真
去問候溥儀的遺孀
去張學良的故居打聽房地產

旅行回來後
童年便和我分手了
於是我將眾多的照片
重新組合成一條記憶的詩路
從大連一直到哈爾濱

　　這首詩共分四個段落，詩人到了中國東北，第一段的主題是歷史、地理課本的東北記憶。從長白山到大興安嶺，曾經是皇家的狩獵場；地理課本告訴學子東北有三寶，人蔘、貂皮、烏拉草；當然，還有在偽滿洲國復辟的清末皇帝溥儀；以及對日抗戰時驍勇善戰的東北軍，和抗日歌曲〈松花江上〉……這些都是課本的地理與歷史，我們透過書本遙想千山萬水的距離。而今終於有機會親臨東北的大地，屬於東北的風景，能透過感受去追憶那逝去的時空與人物。於是詩人設想是否能找到在松花江上擺渡的老漁夫，向他叩問關於東北的一切，殷殷垂詢，理解屬於東北的人文風土。

　　然而，時間的流逝，過去已是歷史，當下也成爲歷史。在**轟轟烈烈**的日俄戰爭中扮演重要主角的人們，無論是日軍的勝利者乃木希典（一八四九——一九一二）、東鄉平八郎（一八四八——一九三四），還是失敗的俄軍將領馬卡洛夫（一八四九——一九〇四）、康特拉琴柯（？——一九〇四）都已成一抔黃土，旅人僅能從遺跡、故址、照片、資料，拼貼組合重新建構屬於自己的歷史觀點。第三段則是對現在東北的觀察，此處還有一些傳統陳舊的事物，無論是線裝書或是人蔘等物品的交易，也有更誘人目光的哈爾濱冰雕活動，現在的旅人，多半是爲著後者慕名前往。對詩人而言，過去到現代，自我的體驗到他者的觀看，從大連到哈爾濱的記憶，新舊交織，藉由詩歌，也重新建構了自己的東北印象。

　　廖炳惠認爲：「跨地域的移動引發的記憶以及認同危機，乃是當前人文地理論述的重要課題。」[26]旅行由於是自主的行動，因此面對異地，旅者心理必然產生所謂的共鳴、驚異，或是對異國情調的記憶，伴隨實地考察進行刻板印象的一種檢證等。如葉日松在〈遊日手記〉[27]，就生動地敘述對旅遊地的共鳴與日本情調的記憶。

> 沿路欣賞了長崎海岸山隈水湄之後，又來一個「有明海」之遊，真是九州之行中，令人難以忘懷的。……
> 那天有明海的海水特別湛藍，天空也很詩意。海風輕柔地吹過我們身旁，海鷗也輕盈地在海面上飛舞。我們站在甲板上，看著漸漸遠去的青山，在海天交接的深處，迷濛成起伏的海浪。
> ……
> 我們到達蝴蝶夫人紀念園居，已是落日西掛，大地昏黃

---

[26] 參見廖炳惠：〈旅行、記憶與認同〉，《當代》175期（2002年3月），頁89-91。
[27] 參見葉日松：〈寫在湖面上的詩篇〉，《生命的唱片：葉日松散文選》，頁187-188。

的時刻。居高遠眺，彩霞滿天，晚風輕拂，飄來了陣陣
涼意。這座高高在上的觀光名勝，也是觀光古蹟，它的
庭園和建築，十分講究，不論花木的種植、亭臺、魚池
的設計，極其藝術之能事。園居內的許多生活用具和布
置，也都保存了原來的風格和面貌。很能激起人們思古
的幽情。

　　再如〈扶桑四首〉[28]中的第一首〈兼六園印象〉，透過櫻花、江
戶、木屐聲與楓葉這幾組眾人公認代表日本的意象，加以組成，訴說
江戶時代金澤城中的歷史名園兼六園的風華。第三首〈那一天我在加
賀屋〉則是詩人記錄了著名溫泉旅館加賀屋，透過詩歌，感受日本獨
有的溫泉、水與木頭的文化氛圍。

〈兼六園印象〉
將兩千年的心事噴成擎天冰柱
把歲月的光環一一收錄在每一冊過客的喝采裡
纏綿的愛　站成兩棵纏綿的樹
夜夜諦聽來自江戶的木屐聲
而多情的櫻花和矜持的楓葉也把一季燦爛
潑出一則淒美的戀情

〈那一天我在加賀屋〉
走入和倉　走入加賀屋
水的溫度便逐漸地將扶桑女郎的柔情

28　參見葉日松：〈扶桑四首〉，《葉日松詩選》，頁212-214。

　　　蒸溶成一層薄薄的霧
　　　在窗的四周瀰漫
　　　讓我分不清室內或室外
　　　只把日本海想成自己沐浴的世界
　　　把自己想成是阿信　是天皇
　　　曾經來此細讀過水的文化、木頭的文化

　　在〈西歐小詩〉[29]中，共有六首短詩，都是旅遊西歐國家的特定景點記錄。其中如〈阿姆斯特丹〉一詩，就書寫荷蘭與海爭地的特徵，連建築物都是與之相映，親身經歷，印象更深。

　　　阿姆斯特丹的土地權狀
　　　是和海共有的
　　　連地上的建築物的歪七扭八的圖案
　　　也是由海設計的

　　依據佛洛伊德（Sigmund Freud）所說的心理符號機制（semio-sis）中有五個元素，分別是再現、批判、調整、認同、差異，而這種心理機制對吾等分析旅行書寫作品實有助益。廖炳惠認爲：「在旅行的過程中，常常是一種自我和他人再現的心理機制，比較、參考與對照別人的文化社會而顯出人我之差別。」[30]在旅行所構成的時空座標中，作爲主體的旅者如何移動安頓他們所在的位置？海德格（Hei-degger）認爲旅行把生命對彼處的渴望，轉變爲空間的移動，因此純粹或從零開始的旅行是不可能的，因爲旅行的主體永遠帶著原先的文

29　參見葉日松：〈西歐小詩〉，《葉日松詩選》，頁207-08。

30　參見廖炳惠：〈旅行、記憶與認同〉，《當代》175期（2002年3月），頁89。

化、語言結構或意識型態的眼鏡；換句話說，主體帶著移動的結構一起旅行。在旅行所經過的土地上，主體同時也將原來的結構帶入這些地方；而主體同時也將異地的某些東西帶入結構中或帶回生長的土地上[31]。

在葉日松的旅行詩中，我們可以看到對土地濃厚的鄉愁與認同，在〈一份遲到的回憶——致丹扉、晨曦〉[32]。

> 一
> 走過漢城／方知臺北的天空很美／走過利川／方知臺灣的啤酒香醇／什麼高麗人蔘／什麼OB啤酒／什麼羊毛皮衣／沒有一樣為我所鍾情／連田野的蛙聲／也無法催我入眠
> 二
> 在福岡的街頭／我們都發現／古典玲瓏／美觀暢銷的布鞋／還是來自臺北／在瀨戶內海的航道上／我們夢境的指針／總是向南／向著臺北和花蓮／有一天／在富士箱根／在蘆之湖／我讀到那一片湖水／竟有我們濃濃的鄉愁……

事實上，吾等可知「地方」是一種觀看、認識和理解世界的方式。如果我們把世界視為含括各種地方的世界時，就會看見不同的事物。我們可以從中看見人與地方之間的情感依附和關聯[33]，在上引詩

---

[31] 參見李鴻瓊：〈空間，旅行，後現代：波西亞與海德格〉，《中外文學》26卷4期（1997年9月），頁109-110。

[32] 參見葉日松：〈一份遲到的回憶〉，《葉日松詩選》，頁62-65。

[33] 參見Tim Cresswell著，徐苔玲、王志弘譯：《地方：記憶、想像與認同》（臺北：群學出版

作中，我們可以明顯看詩人透過行至異地的對比，強化並確認自我對家家鄉土地的認同感；同時經由深化家鄉與異地的的差異，展現家鄉地方的特徵，此行不僅是經驗世界的一次機會，亦在過程中思鄉之情油然而生。人文地理學者瑞爾夫認為：「內在於一個地方，就是歸屬並認同於它，你越深入內在，地方認同感就越強烈。」[34]如〈旅遊詩篇〉組詩第二章節〈在紐西蘭上空〉，詩人看著風景，連結自己記憶中家鄉的風景，他說：

> 從南島到北島／我不斷地複習每一章環保山水明信片／嘴裡哼著毛利人粗獷的民歌／我一再敦促記憶／不要迷路／記得不要把異鄉誤寫成自己的鄉關

詩人的每每外出旅行，異地景物與家鄉風物，總是不斷地在內心交錯激盪著，在〈澳大利亞坐觀光火車〉[35]一詩中，他說：

> 這裡不是阿里山／不是南投的集集／不是臺北的淡水線／更不是花東的縱谷平原／這裡是南半球的澳大利亞／是墨爾本／是Dandening的小小山脈／據説來一次Puffing Billg之旅／就可以找到失落的童年／帶回一冊無尾熊抒寫的小小詩集

詩作連用臺灣四條知名的觀光火車路線和澳洲鐵路之旅做對照，同樣兩地都有的觀光列車，讓他想起童年，也充滿鄉愁。故鄉之於葉

有限公司，2006年），頁21。

[34] 同前註，頁74。

[35] 參見葉日松：〈一份遲到的回憶〉，《葉日松詩選》，頁198-200。

日松，是心靈的夢土，也是最溫暖、最重要的依靠，〈花蓮組曲〉[36]
中書寫家鄉花蓮的「天祥」景點，他就說過：「雲把夢託給山水／山
水把夢託給雲／而來自四方的市聲／把古典煮開／讓酩酊的過客／將
詩交給這一塊傳說的夢土。」

　　在葉日松的詩歌中，我們可以閱讀詩人的書寫，一起遊歷各地；
透過詩人的關懷視角，感受不同文化的差異與反思。如〈峇里島三
首〉中的第二首〈坐馬車遊Denpasar〉：

　　　　午后的風
　　　　飛過Denpasar的天空
　　　　將透明的太陽頂住
　　　　我套上那位少女贈我的一串花環
　　　　坐在馬車上
　　　　讀下午四時後的大街小巷
　　　　路原本屬於馬的
　　　　可是這裡的計程車、遊覽車和私家轎車
　　　　放肆地和馬爭跑道
　　　　我的馬小心翼翼地閃躲車輛
　　　　無奈地……
　　　　街道看不到手持獵槍的土著
　　　　只有一群小孩
　　　　一群婦女
　　　　一群無所事事的人
　　　　以好奇的眼光分享過客的風采

36　參見葉日松：〈花蓮組曲〉，《葉日松詩選》，頁119-123。

　　　　達達的馬蹄聲

　　　　不是情人美麗的錯誤

　　　　而是在認真地計算我該付的RP

　　　　達達的馬蹄聲

　　　　不是CD裡的音樂

　　　　而是向文明抗議的宣言

　　　　馬被車輛擠出病來

　　　　卻找不到診所治療

　　　　人類的自私我又能說什麼

　　　　下了馬車

　　　　回首望望牠

　　　　我的心在隱隱作痛

　　詩歌的敘述，從再現當時的情景開始：到了峇里島Denpasar機場，先接受迎賓的花環。到了島上，坐上馬車進行市區觀光。馬車上的作者是一個外來的遊客，他觀察了交通亂象，於是有點擔心在車水馬龍的街道上，馬的處境艱難，「我的馬小心翼翼地閃躲車輛／無奈地⋯⋯」。觀光客總是不斷地觀看，急於一時想把所有的景物一覽無遺，然而，旅人觀察住民，住民也好奇地看著這些如潮水般來去的過客。此時的旅人，是主體，也是旁觀者，和當地住民彼此帶著陌生與好奇。坐馬車是一種觀光活動的選擇，但作者借用鄭愁予〈錯誤〉的詩句並加以改寫，「達達的馬蹄聲／不是情人美麗的錯誤／而是在認真地計算我該付的RP」，這裡產生了對當地觀光手法的寫實記錄。馬原本就不是現代社會的交通工具，是否適合在這樣的觀光區成為某種觀光交通的風景，值得思考。詩人此時更進一步做出批評與同情，他認為「達達的馬蹄聲／不是CD裡的音樂／而是向文明抗議的宣言」，在車流量大且交通混亂的地方，馬與車爭道，基本上是對動

物的另一種傷害，而這種傷害源自於人類為了牟取更多的觀光利益所致。然而，身為遊客與他者，無法改變現狀，只能調整心態，心疼同情這些馬匹的遭遇。

在〈鏡頭下的寮國〉[37]組詩中的〈另一種教學〉一詩中，則兼有反諷與批評，是旅途之外的插曲，也令人對這貧窮的國家的人文風景，有些許不捨。

> 一群小小的狗仔隊
> 準確地掌握了造訪者的行程
> 引擎尚未熄火
> 一場騷動
> 像西瓜田裡的蒼蠅
> 緊緊地盯住車門
> 一堂戶外教學　開始賄賂的課程

過去在許多較貧窮的國家遊歷時，這樣的場景極為常見。小小狗仔隊是指小孩，只要觀光客一到達，瞬間湧上，伸手要禮物、要錢，令人不勝其擾，卻也令人心酸。詩人反思的角度在於小孩的各樣舉止必然是大人教導的結果，而這種態度與認知，對年幼的孩童而言是非常負面的教育。但面對經濟的困頓、生活的窘迫，似莫可奈何，也不忍苛責。類似的經驗，亦出現在〈到邊陲拾穗——緬甸八首〉[38]中的第一首〈被拍照的小孩〉，此詩則是站在住民的角度，去揣測觀看遊客的態度對他們產生的影響。

37　參見葉日松：〈鏡頭下的寮國〉，《葉日松詩選》，頁230-233。
38　參見葉日松：〈到邊陲拾穗——緬甸八首〉，《葉日松詩選》，頁209-211。

你們的快門
即使再按千次百次
依然解決不了我們的飢渴

　　這首詩只有三句，頗有警句意味。我們一到異地，就想透過鏡頭留下各式的寫真，不管別人同意於否。甚或這樣的舉止，把異地之民當成被觀看的動物一般，不斷地攫取所需的畫面。然而，更深層的意義在於即使開放觀光，帶來收入，但這些收入真的能解決貧窮與困頓？恐怕問題的解決仍是當地政府的考題。作者不僅反思現況，同時也透過簡短的詩句直指問題，帶有濃厚的人文關懷。

四、凝視與象徵：書寫風物景致的美學特色

　　「遊」既然是空間的移動，不可諱言，必然能發現地方的異同，同時能心有所感。在空間移動中，透過對自然景物與文化遺跡複寫，遊人氣質不同而產生個別的遊觀視野，都讓旅行書寫的範疇與內容具備無限的可能性。葉日松的旅行詩文書寫，除了傳統的紀實之外，在散文文體中，我們看出線性時間的運用，旅途景點的鋪陳描繪，也看出文采的典麗醇厚與靈動美妙。如在〈從蒼茫的世界歸來〉[39]一文中，作者書寫白嶺的山嵐景致，他是這樣敘述的：

　　　　從白嶺開始，山路更蜿蜒，風景更奇特了。山峰連著山
　　　　峰，林木擁著林木。輕柔的煙嵐，是捉摸不定的過客，
　　　　來時匆匆，去也匆匆。潔白的山嵐，也像一面薄薄的面
　　　　紗，有時將整個翠綠的山脈掩蓋，有時則讓青山露出微

---

[39]　參見葉日松：〈從蒼茫的世界歸來〉，《生命的唱片：葉日松散文選》，頁242-247。

笑的面頰。這裡的美，並不在於它的嫵媚，或雄偉，而
是在於它的變化，在於它的風情萬種。

　　描寫山景通常是靜態的，但此處作者運用擬人法，不僅讓自然景
觀產生動感，可以跟著文字感受山嵐的流動，同時也帶給讀者視覺上
的美感。事實上，葉日松的旅行散文，在用字遣詞方面平易近人，流
暢好讀，更重要的是，沒有太多華麗的詞藻，並不減損其作品的優美
與內容的深刻，反而能讓眾人親近其作品。
　　在葉日松的旅行詩歌中，我們更能看出其用詞的精確，對情感的
掌握，寫作技巧的熟稔，以及意象的創造，建構出詩意盎然的旅行詩
作。在〈憑弔二○三高地〉一詩中，作者的敘寫如下：

　　我登臨二○三
　　在紅紅的夕陽下讀一課歷史
　　翻滾的思緒飛出了子彈
　　朝向靜靜的旅順港
　　讓山山水水也一起醒來
　　高喊萬歲
　　而所有的夢魘全部凝固

　　二○三高地是日俄戰爭（一九○四年二月八日至一九○五年九月
五日）中，旅順會戰的重要陸上戰場，也是「旅順要塞」防線的起
點。「旅順要塞」原為清朝北洋水師軍港，甲午戰爭時曾被日本占
領，還給清朝後，俄國又強租此地作為旅順艦隊的基地。然由於設施
老舊，俄軍當時不斷對旅順防禦工事進行強化。日俄戰爭日本艦隊擊
敗俄國的旅順艦隊，取得重要的制海權；日俄戰爭的最終勝利，也促
成日本取得東北亞的軍事優勢。
　　因此，當詩人到了東北以後，藉由對二○三高地的憑弔，發思古

之幽情。其中「紅紅的夕陽」和「高喊萬歲」是日軍勝利的代詞，「歷史」與「子彈」二詞，意指日俄戰爭的歷史。日軍勝利趕走俄國，真是惡夢的消解嗎？當然不是，於是詩人說，夢魘被凝固，「凝固」用詞精確而生動，夢魘的來源由俄國變成日本，一路延續到僞滿洲國（一九三二年三月一日至一九四五年八月十八日）的建立與滅亡。

在〈寂寞的荊州古堡〉[40]一詩中，詩人書寫三國時古戰場荊州。

> 戰火已熄
> 貂蟬的笑聲也冷了
> 三國已蒼茫
> 而所有的英雄臉譜也已蒼茫
> 一場激情之後
> 寂寞便成了每一片無言的磚塊
> 習慣聆聽來自那江畔的秋聲

整首詩歌著重在敘寫對古戰場的憑弔。荊州是三國時期兵家必爭之地，時至今日，吾等到荊州只剩下緬懷歷史的悲壯，與遙想三國千古風流人物劉備、關羽、曹操、孫權等人的風姿。絢爛的已呈平淡、熱鬧的城池也成爲歷史的遺跡。詩人用熄、冷、蒼茫、寂寞、無言等詞彙，去構築突顯歷史遺跡的荒涼，所有的人與事，美女與英雄，都隨著歷史的長河流逝，飛灰湮滅。最後一句中「江畔的秋聲」，更增添蒼茫悲涼之感。再如〈明天的風還會更冷——夜登香港太平山〉一詩，詩人運用了唐人陳子昂（六六一一七〇二）〈登幽州臺歌〉的意象並加以連結與轉化。

---

[40] 參見葉日松：〈寂寞的荊州古堡〉，《葉日松詩選》，頁219。

深秋十月／我佇立太平山頂／面對冷冷的遠方／作一次
悠悠的遐思

維多利亞港兩岸的燈火／靜靜底睡著／把所有的倦怠／
交給那如鉤的新月

沿路尋找陳子昂的足跡／我真的不在意／香江的夜色會
把我給／薰醉

若說真的不在意／又何必在一陣醉意之後／趕著下山／
不是怕夜的調色筆／模糊了來時路／而是因為明天／這
裡的風還會更冷

　　古來詩人登臨遠眺，總有許多感懷。陳子昂〈登幽州臺歌〉是千
古名篇，「前不見古人，後不見來者」，作者登上香港太平山，此時
前是陳子昂，後則為作者；「念天地之悠悠，獨愴然而涕下」，面
對有名的夜景，作者以個人所感繫聯古人登臨的心情。秋意往往是
帶有分離、孤寂、蕭索、冷清之意，「冷冷」、「悠悠」等詞語的
運用，一方面是面對季節的變換，進而轉化了古人的詩情。不同的
是，作者沉醉在香江的夜色美景中卻不沉溺，他鄉終究不是故鄉，深
秋天涼時間到了就該離開回家。整首詩以「登臨之感」為中心，記錄
一次觀看世界知名夜景的經驗，其中更多的是緬懷歷史人物之感，並
名篇相呼應的心情。

　　在葉日松的旅行書寫中，另有一項特徵值得吾等關注。在其較早
期的作品中，往往同一地點，作家會分別用新詩與散文兩種文體進行
書寫，呈現詩歌與散文的互文性，進行相同或不同的關照。索萊爾斯
（Philippe Sollers）對互文性所下的的定義為：「每一篇文本都聯繫
著若干篇文本，並且對這些文本起著複讀、強調、濃縮、轉移和深

化的作用。」[41]巴恩斯和鄧肯認為作者透過文本構築世界與人類的行
動，因此他們曾說過：「地點是互文的場域，因為以早期文本為基礎
完成的不同文本與論述的模式，指涉的是他們對風景與體制深刻的銘
記。」[42]檢視葉日松的旅行書寫，包括去韓國、日本、香港等地方的
遊歷經驗，皆出現以詩文並呈的方式書寫同一地點和旅程。

葉日松在〈華克山莊的月光㈣板門店的眺望〉一文中，記錄了親
自遊歷南北韓交界北緯三十八度線之板門店的風景。他說：

> 從漢城到板門店的路上，我發現了一個特殊的景象，那
> 就是一路上都有石板門的設置。據說這種石板門，是準
> 備一旦發生戰爭，即予破壞，以阻擋北韓的入侵。
> 沿著這條公路，我也看到韓國農村、田野、丘陵和房
> 屋，特別是德國式的房屋，袖珍玲瓏，十分可愛，也很
> 幽雅別致。由於北國的天氣寒冷，所以農家中，都有暖
> 炕的設備，而且使用煤球。因此，一到了炊事時間，便
> 可以欣賞到安詳幸福的孃孃的炊煙了。……
> 一到板門店，我們似乎就被戰爭緊張的氣氛所感染。儘
> 管如此，我們仍然以踏實安全的心情，參觀了板門店最
> 前線的軍事設施。[43]

這裡除了記錄了當地的景觀之外，在南北韓分治的狀態下，交界
的板門店，向來被視為特殊的地點，也是見證韓國歷史政治發展的重

---

[41] 參見〔法〕蒂費納‧薩莫瓦約著，邵煒譯，《互文性研究》（天津：天津人民出版社，2003
年），頁5。

[42] 參見陳長房：〈跨越疆域：論後現代英美文學〉，《中外文學》27卷5期（1998年10月），
頁22。

[43] 參見葉日松：〈華克山莊的月光〉，《生命的唱片：葉日松散文選》，頁183-184。

要痕跡。在遊歷泰國時，作者記錄了當地特殊的生活景觀與歷史遺
跡，特別是對當時湄南河的人文景觀以及桂河大橋的歷史過往，有其
細緻的觀察與緬懷。

> （湄南河）兩岸人家的建築十分古老而陳舊，它們的房
> 屋結構，一半靠在岸上，一半在水中，更有不少的人，
> 他們的家，就是一艘不怎麼大的船，永遠停在水中，過
> 著與河為伍的日子。他們世世代代延續到今天，吃、
> 喝、拉、撒都在這裡……
> 曼谷的街道和樓房，並不像臺北那樣新穎雄偉，也沒有
> 臺北的精緻豪華。放眼所見，盡是一些古老的建築，盡
> 是一些充滿了佛意的磚牆屋宇。[44]

> 泰國由於地廣人稀，到處都可以看到與其說等待開
> 發，不如說是被荒廢的土地。從曼谷到桂河大橋的
> 一百六十六公里以及曼谷到芭達雅一百五十公里的大地
> 上，我並沒有看到什麼現代化的工廠設施，人煙稀少，
> 一片荒涼，極目所見，盡是風中搖曳的椰林和蒼茫幽靜
> 的田野。在自然景觀上，稱得上如詩似畫，但是在科技
> 文明方面，則依然停留在未開發的行列。[45]

> 桂河大橋並不長，大概不到二百公尺，是一座相當堅固
> 的鐵橋。橋的中間，為了觀光客的安全，全程都以厚實

---

[44] 參見葉日松：〈湄南河的水，何時沉澱出泰國人的明天！〉，《生命的唱片：葉日松散文選》，頁212-213。

[45] 參見葉日松：〈泰國之旅（補記篇）〉，《生命的唱片：葉日松散文選》，頁225。

　　的木板鋪釘，以利通行。我們為了不虛此行，每一個人
都不放過這難得的機會，一步一步地走過這曾經遭受戰
爭蹂躪的大橋。……

走過桂河大橋，我們便轉往萬人公墓。這個公墓就在公
路的旁邊，環境非常幽靜。每一個碑石上均刻著死者的
名字、年齡和國籍。碑石的上面也有一個十字架。鮮豔
的黃白色菊花，在風中不停地搖曳，不斷地唱出了生命
的哀歌。碑石上稍稍褪色的字跡，在陽光下，閃爍不出
人性的尊嚴。[46]

　　以書寫韓國的作品為例，散文篇名為〈華克山莊的月光〉，按
照時間先後，依序為㈠漢城暮色、㈡冬天的暖流、㈢華克山莊的月
光、㈣板門店的眺望、㈤漢城之夜、㈥再見！漢城！等六個篇章。在
現代詩篇中，則分成兩首詩〈再見漢城〉與〈南韓的星夜〉。透過散
文與詩歌兩相對照，相較散文，吾等可見〈再見漢城〉一詩，可說是
韓國行的回顧，此篇詩歌是採用倒敘的方式書寫。全詩先從離開韓國
起筆，接著用一段書寫回顧下機後所走過的地點；第三段則書寫韓國
的人文景色；最後則是用再見漢城作結。

　　　我曾讀過你那
　　　金浦機場寧靜的黃昏

　　　漢江橋畔淒美的落日
　　　華克山莊迷濛的煙景

46　參見葉日松：〈湄南河的水，何時沉澱出泰國人的明天！㈥桂河大橋與萬人公墓〉，《生命
的唱片：葉日松散文選》，頁217。

停火線上遙遠的槍聲
我也曾走過
從漢城到板門店的公路
北國的田野
利川的農村
以及許多用銀杏、楓樹、霓虹燈
織成的繽紛的街道

我曾發覺
南韓的田野像中國
在千里沃野上
有農夫汗水提煉的金黃
不但在姑娘嬌羞的清音中
有一份溫柔與純情
就是漢城的夜色
也是十分的阿里郎
你曾告訴我
明年再來時
東方生命保險公司的
六十三層高樓
就會為你升起燦爛的燈火
像南山塔一樣
把漢江照成迷人的風景
把Seoul照成一座童話世界

　　而〈南韓的星夜〉一詩，共分成四大段落，其中第一段和第四

段是書寫初到韓國與韓國的夜晚。第二段是〈從漢城到板門店的路
上〉：

> 蘆花早已飛落在秋收後
> 北國的原野
> 公路兩旁的楓樹
> 在藍天的畫紙上
> 塗染一幅紅紅的詩情
> 農村的風景
> 原屬於高麗
> 而一幢幢的屋宇
> 卻是德國的翻版
> 從漢城到板門店的路上
> 我看到一座座的石板門
> 都鐫刻著滾動的太陽
> 滾向停火線的北方
> 滾向明天

　　散文一開始提到：「我們沿著漢江旁邊的高速公路前進，一路上
所見到的，都是一些楓樹和銀杏，紅紅的顏色把漢江的岸邊，染成美
麗的圖案。」是對應詩歌前五句。關於路途景色的書寫，詩歌用了
四句進行描寫，散文的敘述是：「沿著這條公路，我也看到韓國農
村、田野、丘陵和房屋，特別是德國式的房屋，袖珍玲瓏，十分可
愛，也很幽雅別致。」而詩歌的後五句書寫到板門店陸上的情景，散
文則是：「從漢城到板門店的路上，我發現了一個特殊的景象，那
就是一路上都有石板門的設置。據說這種石板門，是準備一旦發生
戰爭，即予破壞，以阻擋北韓的入侵。」第三段〈停火線邊緣的沉

思〉則是對南北韓對峙的反思：

> 我想　這裡本來就是寧靜的
> 我想　這裡本來就不該流血的
> 為什麼有那麼多的屈辱
> 加在它的身上
> 為什麼有那麼多不幸
> 寫在它的臉上
> 風景已不是風景
> 風景已是另一種風景
> 希望就這樣永遠停火嗎？
> 停火的針線
> 縫補不了創傷的大地（也是被撕裂的）

　　而散文則是展現一種理性地敘述並進行反思：「我們參觀了板門店前線的第三隧道以後，便到瞭望臺去眺望三十八度線以北的北韓城鎮和大地，我清晰地看到一線之隔的北韓田野和農家。一邊是自由，一邊是奴役，生活方式的不同、體制的不同，使高麗人走進幸福和苦難的極端世界。」

　　透過上述詩與散文的對照，可見葉日松在文體的運用上，散文所透露出的情感較為平靜理性，而詩歌除了在字詞方面表現凝鍊之外，增添了情感的流露，寫作技巧的使用更為多元，如「停火的針線／縫補不了創傷的大地」，讓事件的內涵更深刻，傳遞的意象更為鮮明，其對讀者所產生的心裡衝擊亦有輕重的差異。

五、結論

　　古人常說：「讀萬卷書，不如行萬里路。」在《論語・雍也》中，孔子也提出：「知者樂水，仁者樂山。知者動，仁者靜；知者樂，仁者壽。」[47]在中國文學傳統中，早有對山水風景、物候與遊觀的書寫。近年來，旅行書寫在臺灣蔚爲風氣，成果亦呈現百家爭鳴之態。外出旅行同時也是一種認識他者乃至於異地文化的歷程，因爲文化體系是由價值觀（values）、常規（norms）及象徵符號（symboles）組織而成，這些價值觀、常規、象徵符號爲左右行動者所採取的行動，亦限制了各個行動者之間相互往來的行爲模式[48]。旅行是參與體會異地文化與自我差異的方式，亦可以透過實地親臨，重新理解文化中的象徵符號背後的意義，並調整對某地某物的刻板印象。

　　是顧葉日松的旅行書寫，實可得到以下五點結論：

　　第一，從身爲他者的遊客角度，作者仔細觀看品賞景致，並賦以更優美的詞彙再現當日地景的風貌。同時在遊觀的過程中，能夠掌握地方的重要性，特別是歷史意義，豐富了書寫的內涵，地方感的重要性往往力透紙背，同時在文化與自然交錯的狀態下進行風景書寫，也突出了當地風景的獨特性。

　　第二，在書寫策略部分，葉日松的旅行詩文，大抵都有一個較爲穩定的寫作架構。特別是敘事組詩方面，擷取各地特有的事物意象進行特徵敘寫，除了展現屬於遊客視角的他者觀看心理外，更重要的是透過家鄉與他方的對比，不僅沒有樂不思蜀之感，反而強化了家鄉的

---

[47] 參見宋・邢昺：《論語注疏》（十三經注疏本，新北市：藝文印書館，1982年），卷6，頁54。

[48] 參見Talcott Parsons and Edward Shils，〈價值觀與社會體系〉，收入吳潛誠總編校：《文化與社會》（臺北：立緒文化出版社，1997年），頁53-54。

重要性與意義，更是一種心靈夢土的再確認。

　　第三，透過旅遊進行異地文化的探索與感知，明顯發現人我的差異，沒有對錯或批判，經由反思與調整，不僅鋪陳了鄉愁，進而擴充自己的視野，更加肯定對土地的文化認同。

　　第四，在詩作中明顯看出詩歌與散文的互文性。作家能夠掌握文體特性，適切地操作不同文體，其對文體熟稔度，特別是讓詩文作品即使書寫同樣一時一地一物，都能擁有各自的風貌與特徵，同時也具備互補的作用，讓一趟旅程的紀實更為之詳盡。經由不同文體的記錄對照，更能清楚勾勒一趟旅行的歷程與收穫。作者有意識地展現地方之間的共性，我們進行一趟旅程得見風景，同時透過作品，傳遞一種因之風景，風景中又有風景，帶我們進入另一趟旅程，讓讀者身處可見與不可見，需要一點想像與思索的境界。這些不可見的風景，比如在古戰場憑弔，帶有神聖崇敬的意味，因歷史感更增添了風景的獨特意義。

　　第五，在美學藝術層次方面，作者常見擬人法與譬喻象徵的使用。當風景與文學進行縮合，象徵手法的使用，會讓意象更鮮明，也將會重新銘刻在讀者的意識中，重構一地的人文景觀。且每趟旅程的反思，都引領讀者面對異地文化與他者的生活，能用更豐厚包容的眼光與態度，隨時調整自我的觀點，欣賞異地的美好。

參考書目

宋・邢昺：《論語注疏》（十三經注疏本，新北市：藝文印書館，1982年）。

余光中：《從徐霞客到梵谷》（臺北：九歌出版社，1994年）。

吳潛誠總編校：《文化與社會》（臺北：立緒文化出版社，1997年）。

李鴻瓊：〈空間，旅行，後現代：波西亞與海德格〉，《中外文學》26卷4期（1997年9月），頁83-117。

孟樊編：《旅行文學讀本》（臺北：揚智文化，2005年）。

洪淑苓：〈越南、臺灣、法國——尹玲的人生行旅、文學創作與主體追尋〉，收入洪淑苓主編：《聚焦臺灣：作家、媒介與文學史的連結》（臺北：國立臺灣大學出版中心，2014年），頁369-417。

胡錦媛：〈臺灣當代旅行文學〉，收入陳大為、鍾怡雯編：《二十世紀臺灣文學專題Ⅱ：創作類型與主題》（臺北：萬卷樓，2006年），頁170-201。

陳長房：〈建構東方與追尋主體：論當代英美旅行文學〉，《中外文學》26卷4期（1997年9月），頁29-69。

陳長房：〈跨越疆域：論後現代英美文學〉，《中外文學》27卷5期（1998年10月），頁6-39。

舒國治等：《國境在遠方》（臺北：元尊文化，1998年）。

楊凱麟：〈虛擬與文學：德勒茲的文學論〉，《中外文學》28卷3期（1998年8月），頁29-49。

楊雅惠：〈時空越境，國族療傷：日治初始梁子嘉《日東遊草》的旅行敘述〉，《國文學報》）54期（2013年12月），頁185-220。

葉日松：《生命的唱片：葉日松散文選》（花蓮：花蓮縣立文化中心，1993年）。

葉日松：《葉日松詩選》（花蓮市：葉日松自印，花蓮縣文化局補助出版，2010年）。

廖炳惠：〈旅行、記憶與認同〉，《當代》175期（2002年3月），頁84-105。

蔣勳：〈生命的提高與擴大〉（第一屆華航旅行文學獎評審感言），《中國時報·人間副刊》（1997年6月1日）。

西格蒙德·佛洛伊德：《精神分析引論》（臺北：志文出版社，1985年）。

〔日〕高津孝：〈中國的山水詩和外界知識〉，收入蔣寅編譯《日本

學者中國詩學論集》（南京：鳳凰出版社，2008年），頁41-55。

〔法〕蒂費納‧薩莫瓦約著，邵煒譯：《互文性研究》（天津：天津人民出版社，2003年）。

Deleuze, Gilles. *Dialogues* (avec Claire Pamet,) . Paris:Minuit,1975.

Mike Crang著，王志弘、余佳玲、方淑惠譯：《文化地理學》（臺北：巨流圖書有限公司，2003年）。

Paul Cloke, Philip Crang, Mark Goodwin編，王志弘等譯：《人文地理概論》（臺北：巨流圖書股份有限公司，2006年）。

Tim Creesswell著，徐苔玲、王志弘譯：《地方：記憶、想像與認同》（臺北：群學出版有限公司，2006年）。

Mobile and Narrative: On Jih-Sung Yeh's travel poems

Yu-Ling Hsieh

Abstract

"Travel Writing" has received considerable attention by creators and researchers in recent years. When looking at this kind of theme, we can usually find the travelers individual subjective perception, which describes the objective scene, contains the life experience of exploration, to show self-awareness and spiritual freedom, as well as the taste of life. In this paper, the Hakka writer Jih-Sung Yeh's travel poetry is selected as the object of study. We investigate the five different psychological phenomena, i.e., reproduction, difference, identity, criticism, adjust, in psychological mechanisms symbol of Freud so that the opinions and writing strategies, especially the aesthetics of his works and focus of concern, can be analyzed. In addition, the significance of migration, participation and observation of the author during the journey are also to be investigated as well. Moreover, we can expect that the author is bound to lead to some sorts of thinking and enlightenment when the narrative of scenery has been changed to cultural description. This paper attempts to find out some observations in Jih-Sung Yeh's travel writing poetry, try to have a profound understanding on his writing style, as well as to explore the significance of pluralism between traveling and writing.

Keywords: Travel writing, Migration, Jih-Sung Yeh, Narrative

記憶與歸屬：渡也地誌詩的地方感

林淇瀁[1]、趙文豪[2]

摘要

　　渡也寫作半世紀，他的詩世界綿密細緻，且具奇想；又能融現代主義與寫實主義之技法於一爐，爲臺灣現代詩開拓新領土。他的地誌詩，就充分展現了此一雙重技巧的書寫功力。本文以他所寫地誌詩，特別是澎湖和嘉義兩地之詩作，借用人文地理學有關「地方感」的理論和概念，爬梳渡也詩作，發現他的地誌詩係以「記憶」與「歸屬」兩大主軸，來表現地方感的強烈召喚。嘉義和澎湖，可以視爲渡也界定自我生命與「場所精神」的地方，既再現了童年嘉義、父祖澎湖，也讓我們看到深沉、醇厚的土地之情、鄉土之愛。

關鍵詞：渡也、地誌詩、地方感、場所精神

---

[1]　國立臺北教育大學臺灣文化研究所教授兼圖書館館長。

[2]　國立臺灣師範大學臺文系博士生。

一、前言：作為表意系統的地誌詩

　　渡也，本名陳啓佑，一九五三年出生於臺灣嘉義，另有「歷山」、「江山之助」等筆名，迄今共出版十八本詩集[3]，四本散文集[4]與六本評論集[5]，創作與著述頗豐；他的詩創作曾迭獲臺灣各大報詩獎，表現格外耀眼[6]。渡也自出道以來，在創作主題與技法上都不斷尋求變化，受到高度矚目，奠定了他在詩壇上的地位。評論家李瑞騰認為渡也的詩「語近情遙」，以淺白的語言流露眞情，同時可見剛毅與溫柔，他的詩一如「菊花與劍」[7]；蕭蕭也說他的詩能深入日常生

---

[3]　按照出版年先後，渡也出版的詩集如下：《手套與愛》（臺北：故鄉出版社，1980年）；《陽光的眼睛》（臺北：成文出版社，1982年）；《憤怒的葡萄》（臺北：時報出版社，1983年）；《最後的長城》（臺北：黎明出版社，1988年）；《落地生根》（臺北：九歌出版社，1989年）；《空城計》（臺北：漢藝色研出版社，1990年）；《留情》（臺北：漢藝色研出版社，1993年）；《面具》（臺中：臺中縣立文化中心，1993年）；《不准破裂》（彰化：彰化縣立文化中心，1994年）；《我策馬奔進歷史》（嘉義：嘉義市立文化中心，1995年）；《我是一件行李》（臺中：晨星出版社，1995年）；《流浪玫瑰》（臺北：爾雅出版社，1999年）；《地球洗澡》（彰化：彰化縣文化局，2000年）；《攻玉山》（彰化：彰化縣文化局，2006年）；《澎湖的夢都張開翅膀》（馬公：澎湖縣政府文化局，2009年）；《渡也集》（臺南：國立臺灣文學館，2010年）；《太陽吊單槓》（彰化：彰化縣文化局，2011年）；《諸羅記》（嘉義：嘉義市文化局，2015年）。

[4]　渡也出版的散文集按照出版年先後分別為《歷山手記》（臺北：洪範書局，1977年）；《永遠的蝴蝶》（臺北：聯合報出版社，1980年）；《夢魂不到關山難》（臺北：漢光出版社，1988年）；《臺灣的傷口》（臺北：月旦出版社，1995年）。

[5]　渡也出版的評論集按照出版年先後分別為《分析文學》（臺北：東大圖書，1980年）；《花落又關情》（臺北：故鄉出版社，1981年）；《渡也論新詩》（臺北：黎明出版社，1983年）；《普遍的象徵》（臺北：業強出版社，1987年）；《新詩形式設計的美學》，（臺北：臺灣詩學出版社，1993年）；《新詩補給站》（臺北：三民書局，1995年）。

[6]　渡也在詩獎的成績斐然，曾獲中國時報敘事詩獎、中央日報百萬徵文新詩首獎、中華日報敘事詩首獎等獎。

[7]　李瑞騰：〈語近情遙──渡也詩略論〉，《國文學誌》10期（2005年6月），頁224。

活事物，探出個人沉思後之所得，發人之所未發[8]。

　　渡也的詩創作生涯，可略分爲三個階段。依寫作題材分：第一期（一九七〇－一九八一），以個人的情愛經驗與內心世界爲主；第二期（一九八二－一九九一），從一己之愛走向大我，跨出到詠物言志；第三期（一九九二－），延續大眾化的創作理念，有系統地執行一系列同性質的詩作[9]。唯如此分期並不能見出渡也詩創作主題與風格的變化，若以其詩集呈現的風格劃分，應較能看出其詩路轉折：

　　㈠情愛書寫時期（一九七〇－一九八二）：從第一本詩集《手套與愛》迄童話詩集《陽光的眼睛》止。這個時期的渡也被譽爲「一記拔高的尖音」[10]、「年輕的狙擊手」[11]，他的詩作被選入《新銳的聲音》（當代二十五位青年詩人作品集）[12]中，可說是一位早慧的詩人。渡也的詩，語言精鍊，透過現代主義技法，善用象徵，表現大膽的情愛糾葛，既內探個人的情意世界，也外鑠現代詩語言的高度張力，因而以二十三歲之齡獲邀加入主張超現實主義的「創世紀」詩社，深受現代主義的薰陶，對他後來的寫作技法影響甚深[13]。

　　㈡詠物書寫時期（一九八三－一九九三）：一九八三年渡也出版《憤怒的葡萄》轉向詠物言志、政治批判與社會關懷。此時的他已被簡政珍與林燿德列入二十四位傑出的臺灣新世代

8　蕭蕭：〈面具・導讀〉，張漢良、蕭蕭編《現代詩導讀・導讀篇三》（臺北：故鄉出版社，1979年），頁171。

9　李世維：〈渡也新詩研究〉（彰化：彰化師範大學國文研究所碩士論文，2006年），頁127-128。

10　張默：〈詩壇新銳㈠〉，《幼獅文藝》275期（1976年11月），頁148。

11　蕭蕭：〈電話・導讀2〉，《現代詩導讀・導讀篇三》，頁168。

12　張默等編《新銳的聲音——當代二十五位青年詩人作品集》（高雄：三信出版社，1975年），頁28-38。

13　渡也：〈少壯能幾時〉，《文訊》348期（2014年10月），頁85-86。

詩人之列[14]。

　㈢地誌書寫時期（一九九五―）：一九九五年渡也在嘉義市立
　　文化中心出版《我策馬奔進歷史》，開始以地誌詩書寫他的
　　出生地嘉義[15]；二〇〇九年出版《澎湖的夢都張開翅膀》，
　　開始書寫父祖之地的澎湖；嘉義、澎湖之外，二〇〇六年由
　　彰化縣文化局出版的詩集《攻玉山》也收了部分有關彰化的
　　詩，但數量較少[16]。這些地誌書寫標誌了他詩創作的新里程
　　碑，他開展尋根情懷，融之前兼擅的現代主義與寫實主義技
　　法於一爐，通過一系列的地誌書寫貼近土地，建構出了一個
　　具有濃厚地方色彩的新詩美學。

　本文因此要以渡也的地誌詩（特別是嘉義和澎湖兩地之作）為
論述對象，探究渡也作品中的「地方感」，來爬梳渡也詩作的土地
認同，並藉以勾勒渡也的鄉土之愛和地方書寫特色。在進入討論之
前，我們有必要先行釐清與本文有關的幾個概念。

　談地誌詩，不能不先定義「地誌」。米勒（J. Hillis Miller）指
出，「地誌」（topography）結合希臘文「地方」（topo）和「書
寫」（graphein）兩字，可視為「對一特定地方地描繪」[17]。從文化

---

[14]　簡政珍與林燿德合編的《臺灣新世代詩人大系》（臺北：書林出版社，1990年），渡也被收
　　錄在二十四位詩人名單中。其他二十三位，有蘇紹連、簡政珍、馮青、杜十三、白靈、陳義
　　芝、溫瑞安、方娥真、王添源、楊澤、陳黎、向陽、徐雁影、苦苓、羅智成、夏宇、黃智
　　溶、初安民、林彧、劉克襄、陳克華、林燿德與許悔之。

[15]　雖然如此，渡也所寫有關嘉義的作品則集中在以「嘉義速記」為主的系列詩作中，多散見於
　　報章雜誌，迄今仍未結集。詳鄭惇仁，《渡也地方詩作之研究》（高雄：高雄師範大學國文
　　教學碩士班碩士論文，2013年），頁34。

[16]　白靈：〈不畏烏雲與烈日——評渡也《攻玉山》〉，《文訊》258期（2007年4月），頁100-
　　101。

[17]　米勒著，單德興編譯：〈地誌的道德觀：論史蒂文斯〈基韋斯的秩序理念〉〉，《跨越邊
　　界：翻譯・文學・批評》（臺北：書林出版社，1995年），頁82。

地理學地視角來看，這樣的地誌書寫至少有三層內涵：

首先，地誌書寫通常以「地景」（landscape）為描繪對象。文化地理學家認為，地景是生活中的人們創造出來的，並且累積形成，有如不斷刮除重寫的羊皮紙（palimpsest），是「隨著時間而抹除、增添、變異與殘餘的集合體」；地景是人們自古至今對土地的集體塑造，是獨一無二的[18]。

其次，地景具有象徵意義，它是一套表意系統（signifying system），顯示社會據以組織的價值，可以解讀為文本（text），闡述生活於其中的人群的信念或意識型態[19]。

最後，地景可以通過文學書寫來彰顯其意義，對「地方」的文學描述足以協助「地方」的創造，及其感覺結構（structures of feeling）[20]。

正是在這三種要件之上，有關於地方、地景的文學書寫，就不止於地方或地景的描繪，而同時具有象徵及表意的「地誌」文化意涵。我們之所以不使用常見的「地方書寫」、「地域書寫」或「地區書寫」，而使用「地誌書寫」一詞，理由在此。

在此一概念下，臺灣學者吳潛誠如是界定「地誌詩」：「地誌詩篇具體地描寫地方景觀，它幫助我們認識、愛護、標榜、建構一個地方的特殊風土景觀及其歷史，產生地域情感和認同，增進社區以至於族群的共同意識。而在地誌詩篇中，風景的每一條輪廓都隱含著社會及其文學。」[21]並進一步指出地誌詩的三項特徵：

　　一、描述對象以某個地方或區域為主，如特定的鄉村、

---

[18]　Mike Crang著，王志弘等譯：《文化地理學》（臺北：巨流出版社，2008年），頁17-32。

[19]　《文化地理學》，頁35。

[20]　《文化地理學》，頁57-62。

[21]　吳潛誠：《島嶼巡航：黑倪和臺灣作家的介入詩學》（臺北：立緒出版社，1999年），頁83-84。

　　　　城鎮、溪流、山嶺、名勝、古蹟，範疇大抵以敘述
　　　　者放眼所及的領域為準，想像的奔馳則不在此限。

二、須包含若干具體事實的描繪，點染地方的特徵，而
　　非書寫綜合性的一般印象。

三、不必純粹為寫景而寫景，可加入詩人的沉思默想，
　　包括對風土民情和人文歷史的回顧、展望和批判。[22]

　　這三大特徵，一言以蔽之，都與「地方感」（sense of place）的形塑有關。地方感是構成地方的要素之一，指的是一個地方對局內人（住在那裡的人）和局外人（到訪者）激起的主觀感覺[23]。細部而言，這種對地方的主觀感覺，還潛藏著對地方的認同感與歸屬感，這種地方感，正如普瑞德（Allan Pred）所說，形成的乃是：「被每一個個體視為一個意義、意向或感覺價值的中心；一個動人的，有感情附著的焦點；一個令人感覺到充滿意義的地方。」[24]

　　以渡也的成長背景來看，他的父祖輩是澎湖人，青壯時期東渡臺灣，在嘉義開鐵工廠，落地生根；渡也則出生於嘉義，高中時期接觸文學，開展了他的寫作之路；其後到北部求學，大量發表詩文，受到文壇肯定；學成後進入學院教書，晚近十年才重返父祖之鄉澎湖巡禮[25]。嘉義與澎湖，生身之地與父祖之鄉，兩者對他來說，何者是

---

[22] 同註21。

[23] Tim Cresswell，〈地方〉，P. Cloke等編，王志弘等譯：《人文地理概論》（臺北：巨流出版社，2007年），頁302。

[24] 普瑞德（Allan Pred）對於地方的定義，是透過在地生活所累積而形成對於地方的直覺與情緒。參見Allan Pred著，〈結構歷程和地方──地方感和感覺結構的形成過程〉，許坤榮譯，夏鑄九、王志宏編譯：《空間的文化形式與社會理論讀本》（臺北：明文出版社，1999年），頁86。

[25] 渡也：《澎湖的夢都張開翅膀》，頁16-19。

「局內」？何者是是「局外」？他爲嘉義和澎湖所寫的地誌詩，表現出了怎樣不同的地方感？也都是本文關注的重心。

二、記憶的生身之地：渡也筆下的嘉義

　　嘉義是渡也的出生地，也是渡也啓蒙、成長的地方。渡也自述，他在嘉義中學初中部念書時，受到教導國文的導師賀藩林先生的影響，開始書寫現代詩、散文、小說等文類，確立了寫作的志向。進入嘉義高工後，開始發表詩文；高職畢業後，爲了改善家裡的經濟問題，曾到橡膠廠上班，對於壓抑自我的嚮往非常痛苦，於是結束工作，北上求學[26]。此後，他從文化大學畢業，繼續攻讀中文碩、博士，一九八一年任嘉義農專專任講師，才再回到生身的故鄉嘉義，住了四年[27]。然而，在一九九五年由嘉義市文化中心出版渡也的《我策馬奔進歷史》之後，於二〇一五年，嘉義市文化局出版的《諸羅記》，集結過去他爲嘉義所書寫的詩作。

　　對渡也來說，嘉義既是生養他的家鄉，也是他從出生到青少年時期的家園。在離開家鄉，重返家園之後，他又是如何透過詩作來再現這個有著親切感並混合著記憶的地方呢？

　　嘉義，位於臺灣西南部嘉南平原的北端，地形平坦寬闊，古稱「諸羅」或「諸羅山」，是平埔族社名，見於荷蘭戶口表上之Tilaossen、Tirosen；今名「嘉義」係因「林爽文事件」時，住民守護城池不退，獲清乾隆以「嘉其忠義」褒獎賜名而來[28]。以地景而言，嘉義最著名地景就是阿里山，目前設爲國家風景區，總面積41,520公頃，

---

[26] 渡也：《歷山手記》，頁12-36。

[27] 渡也：〈渡也寫作年表〉，《不准破裂》（彰化：彰化縣立文化中心，1994年），頁242-44。

[28] 吳育臻編：《臺灣地名辭書卷二十：嘉義市》（南投：臺灣省文獻委員會，1996年），頁1-10。

橫跨番路、竹崎、梅山、阿里山等四鄉鎮；以雲海、日出、晚霞等自
然美景馳名之外，還有日治時期興建的「Z」字形森林鐵道及鄒族原
鄉文化，增添了阿里山的獨特性[29]。

　　也由於阿里山區的林木多元，自日治時期興建森林鐵道後，大
肆開採的結果，遂使嘉義市成爲臺灣製材業的先驅。[30]阿里山的檜
木、扁柏經由森林鐵道運抵嘉義車站之後，都被送到車站旁的貯木池
（俗稱杉池）存放，以防止木材乾燥龜裂；原木所含的樹脂釋出，
因此能保持品質，提高售價，帶來更大的商業利益。而當年超大型起
重機吊卸巨木的作業，更是蔚爲奇景，除木材商現場選木看材，民眾
好奇圍觀，遊客或畢業旅行的學生都會到此一遊；由於杉池中檜木飄
香，民眾偷閒垂釣，相映成樂，又有嘉義八景之一「檜沼垂綸」之
譽。[31]

　　渡也如何書寫這一段連結著已經消失的歷史地景？以「檜沼垂
綸」爲例，〈嘉義速記──杉池〉[32]寫的就是大如湖泊的貯木池的地
景意涵：「帶著堅定的意志／濟世的心，強壯的體魄／從阿里山下來
的學生／一律先到這裡／到東亞最大的貯木池／潛水，並且規劃未
來。」檜木、扁柏這些臺灣珍貴的樹木，在日本殖民帝國的權力施爲
之下，一如受到規訓的學生，必須「一律先到這裡」接受意識型態
國家機器的宰制、整編，才有未來可言。如今已成觀光景點的「杉
池」，在渡也筆下因此與消失的歷史有了連結，並因此將日治年代
與今日嘉義的「杉池」圖像混成融合，形成一種具有「第三空間」

---

[29]　《阿里山國家風景區》網頁簡介：http://www.ali-nsa.net/user/Article.aspx?Lang=1&SNo
　　=03002474（二〇一五年一月三十日瀏覽）

[30]　嘉義市政府，《嘉義市志・卷三・經濟志》（嘉義：嘉義市政府，2005年），頁133。

[31]　〈嘉義市〉，《走讀臺灣》網站：http://www.walkingtaiwan.org/content/county/city_POI.
　　asp?ids=1298&jid=175&bid=14（二〇一五年一月三十日瀏覽）

[32]　渡也：〈杉池〉，《明道文藝》322期（2003年1月），頁86-87。

（third-space）[33]意涵的嶄新的地方感。

　　一如霍米‧巴巴（Homi Bhabha）所說：「這種第三空間移置了構成它的歷史，並且建立了新的權威結構，新的政治倡議……，一種意義和再現協商的新領域」[34]。〈嘉義速記──林森路〉進一步表現這樣的地方感：

> 從日治時代開始／從阿里山下山的／各種木材的芬芳／聞香而來／來這條路聚會／幾百年／幾千年的香／和臺灣史一樣／在林森路／在鋸木廠、製材廠／原木肢體已被剖析、拆散／已拼不出完整的臉譜／但，香依然／完整／／木材商談生意的聲音／鋸木工人吆喝的聲音／都很香／從日治時代開始／香／在林森路來回／來回走動／有時分贈一些／給中山路、國華街／有時分贈一些／給中正路、忠義街

　　這首詩寫嘉義市中心的製材榮景。他寫自日治時期以來因製材業興盛而繁榮的林森路，「各種木材的芬芳／聞香而來／來這條路聚會」，鮮活地以木材「香」氣召喚了林森路的人文地理特質。自一九一二年阿里山森林鐵路北主線完工通車後，嘉義製材業就進入起飛年代，包括營林辦公廳舍、營林俱樂部、製材所、東南亞第一座火力發電建築物均逐一完工。這使嘉義成為著名的木材集散地，旅館業、餐飲業等隨之興起，帶動市街繁榮，嘉義被稱為「木材都市」，現今的林森路即為當時的「木材街」，周邊的林務機關群區域則被稱為「檜町」；目前此一地區已整體規劃為「檜意森活村」，彰

---

[33]　《文化地理學》，頁226。

[34]　H.K. Bhabha, *The Location of Culture*. (London: Routledge, 1994), 211.

顯林業文化歷史價值，而具有歷史、休閒、教育、文化的地方特色園區[35]。此詩的關鍵字「香」精準地勾勒了百年來特屬於嘉義的「場所精神」（genius loci）[36]，那是嘉義人共同的記憶和鄉愁。

這首詩的豐富性除了以「香」點出嘉義的精神之外，還在於它通過了外部歷史的變革（從日治到民國的臺灣史），俯瞰且象徵整個臺灣遭受殖民統治之後「肢體已被剖析、拆散／已拼不出完整的臉譜」。渡也透過中山路、國華街、中正路、忠義街這些路名的植入和隱喻，既寫木材街繁榮的空間外延，更寫出從日治到民國不同文化和統治權力的混種化（creolisation）[37]現象，日本時代的帝國殖民帶來的「木材街」和今日嘉義「檜意森活村」具有政治權力意味的街名共存共榮，相互混雜，不失其特屬於嘉義的「香」氣。這正是此詩最值得注目之處。同時，這也是渡也地誌詩最顯眼的特色之一，以歷史變革突顯地方／地誌／地理的人文紋理。

這樣的詩作，在描述地景之外，因為歷史的縱深的加入，更能與地景產生對話。以「嘉義八景」[38]為例，前舉〈嘉義速記──杉池〉

---

[35] 《林業文化園區》網頁簡介：http://culturalpark.forest.gov.tw/ali_history.aspx（二〇一五年一月三十日瀏覽）

[36] 《文化地理學》，頁60。

[37] 《文化地理學》，頁229。

[38] 嘉義八景可分為「舊八景」與「新八景」。舊八景是在一九四八年時，嘉義市政府集結地方仕紳與文人代表，評選出的「八景」為：「蘭潭泛月」（蘭潭）、「檜沼垂綸」（文化中心旁杉池）、「彌陀曉鐘」（彌陀寺）、「康樂暮鼓」（中正公園）、「公園雨霽」（嘉義公園）、「林場風清」（植物園）、「鷺橋跨浪」（今軍輝橋）、「橡苑聽鶯」（北香湖），此資料取自吳育臻編《嘉義市志·卷二·人文地理志》（嘉義：嘉義市政府，2002年），頁178。新八景則是到了一九九五年，嘉義市文化局重新票選新八景，獲選的分別有：「蘭潭」、嘉義市文化中心、嘉義公園、阿里山火車、嘉義植物園、蘭潭後山公園、彌陀寺，與文化路夜市，此資料來源可見《嘉義市政府文化局》網站，網址：http://www.cabcy.gov.tw/cabcy/local_1_1.asp（二〇一五年一月三十日瀏覽）。

一詩是「舊八景」中的「檜沼垂綸」，他如〈蘭潭泛月〉[39]、〈蘭潭〉[40]、〈彌陀寺〉[41]、〈中山公園〉[42]、〈北香湖〉[43]和〈林場風清之一〉[44]、〈林場風清之二〉[45]等，也都屬「舊八景」的地景；至於「新八景」，扣除與「舊八景」重疊者，尚有嘉義市文化中心、阿里山火車、蘭潭後山公園與文化路夜市等，也都盡入渡詩筆之下，累積有四十五首之多[46]。這些「嘉義素描」之詩，名為素描，實則一如文化人類學家紀爾茲（Clifford Geertz）所稱的「厚描」（thick description）[47]，他以在地人的身分寫嘉義，不只寫地景，也寫「心景」，以嘉義植物園為對象的〈林場風清之一〉這樣寫：

---

[39] 渡也：〈嘉義速記──蘭潭泛月〉，原刊於《明道文藝》319期（2002年10月），頁90-91。後收錄在渡也《諸羅記》，頁102-103。

[40] 渡也：〈蘭潭〉，原刊於《聯合報》副刊（2008年6月26日），第3版。後收錄在渡也《諸羅記》，頁101。

[41] 渡也：〈嘉義速記──彌陀寺〉，原刊於《中國時報‧人間副刊》（2001年6月11日），第23版。後收錄在渡也《諸羅記》，頁94-95。

[42] 渡也：〈中山公園〉，原刊於《中國時報‧人間副刊》（2001年7月30日），第23版。後收錄在渡也《諸羅記》，頁78-79。

[43] 渡也：〈嘉義速記──北香湖〉，原刊於《人間福報‧覺世副刊》（2001年8月23日），第9版。後收錄在渡也《諸羅記》，頁104-105。

[44] 渡也：〈林場風清之一〉，原刊於《臺灣新聞報‧西子灣副刊》（2001年7月27日），第20版。後收錄在渡也《諸羅記》，頁90-91。

[45] 渡也：〈嘉義速記──林場風清之二〉，原刊於《幼獅文藝》571期（2001年7月），頁68。後收錄在渡也《諸羅記》，頁92-93。

[46] 關於渡也所寫嘉義地誌詩，根據李舒逸《渡也「嘉義速記」詩作內容之研究》（嘉義：南華大學文學系碩士論文，2012年）統計共有四十五首，頁6-7。

[47] 紀爾茲將文化人類學的描述分成厚描（thick description）、薄描（thin description）二種。前者指研究者對於文化現象僅以現象學的描述方式為之，後者則指能夠對行動者行動背後的「意向性」（intentionality）進行深層解析，指出其中的文化意義結構。參考Geertz, Clifford. *The Interpretation of Cultures.* (New York：Basic Books, 1973).

　　　　我們走過／樹開始表演／兒子大聲說話／整個林場開始
　　　　與他／對談／／有一個女人緩緩走來／從數十年前走來／
　　　　啊，那是日治時代林場場長／的櫻花／還穿著和服／她
　　　　忘了她已演過／林場就是戲臺／我們都是觀賞者／「好
　　　　美」，妻低聲說／我們也是表演者／表演我們終將碎散
　　　　／／林場終將碎散／百年後千年後／只剩下一個觀眾：／
　　　　時間／堅持不肯離去，堅持／在戲臺看它自己演出

　　這首詩寫日治時期為嘉義林場的今日植物園，盛開的櫻花是詩中
主要的象徵，它既是今日植物園的勝景，復是昔日殖民者日本的國族
象徵。就這一層來看，櫻花的開謝依舊，歷史的戲臺卻已改換（改朝
換代），這樣的換喻手法向為渡也所擅長。但這首詩的厚描猶不止
於此，還通過一個家庭（夫、妻與子）之入場，來與歷史空間（林
場）進行對話，召喚詩中淒迷的歷史感（終將碎散的穿著和服的櫻
花、終將碎散的表演者、終將碎散的林場）。表面上，這首詩係以林
場喻人生戲臺，「我們走過／樹開始表演」作為開場，通過時間凝縮
技法，加入「有一個女人緩緩走來」喻示美麗終將被時間碎散，時間
才是「百年後千年後」留下的「最後一個觀眾」，櫻花開謝，因而隱
含歲月推移的無奈。但細究起來，又有另一層文化意涵浮出，也就是
紀爾茲所稱的「意向性」，亦即通過「家庭」（夫、妻與子）在地景
舞臺（詩）中的演出，創造曾是殖民地的女性化的地景（好美的櫻
花）的開謝，帝國與家園在詩中進行弔詭對話，櫻花、兒子、妻子
依序輪番上場，帝國已去，家園尚在，最後都將在時間流轉下「碎
散」。這是渡也地誌詩顯眼的特色之二，通過時間的轉換（舞臺的換
幕）寫家園所繫之地的空間（舞臺）變遷，生發出歷史的滄桑感；不
變的，則是展演地景的地方，被稱之為家園的所在，一如此詩續篇
〈林場風清之二〉所寫「口號政權經常改變／旗幟顏色經常改變／樹
林與風只管演自己的／景色」那般恆常。

再以「舊八景」蘭潭的地誌書寫爲例。蘭潭，古名「紅毛埤」，相傳是荷蘭統治時期（一六二四一一六六二）在諸羅山社所鑿水埤；日治時代八田與一[48]規劃嘉南大圳，重建紅毛埤壩堤，作爲自來水廠蓄水庫，因此蘭潭至今仍是嘉義地區自來水的主要水源地[49]。渡也〈蘭潭泛月〉一詩就是以這段史事爲本：「荷蘭人在泛月／日本人在泛月／嘉義人在泛月／泛月的歷史就是一部／諸羅史」，簡潔有力地呈現了嘉義這個地方雖曾在不同的時期遭到不同的「人」（國族）統治，然而「泛月」的動作則是一樣的，並且都共同的構成了一部「諸羅史」——在這裡，從被編造的歷史（相傳）到一如安德森（Benedict Anderson）所說的「想像共同體」[50]（一部諸羅史）的形成，就在渡也三兩筆之下突顯出來，舊八景因而也被建構出了新的文化政治意涵。

這種再現地景的手法，也營造了地方的認同感。同樣寫蘭潭，渡也另一首詩作〈蘭潭〉改採童眞口吻寫夜景：「夜晚／月亮躍入潭中游泳／魚群在水中和月亮玩／用小小的嘴啄月亮／（好癢）／岸上燈光也脫衣服下水／／直到清晨／太陽才撈月亮回去」，以活潑童趣筆法，表現蘭潭夜景，童年和月亮，就是他的鄉愁；末段「我們的明月和藍天／都很健康／和嘉義一樣」則直接地闡述了詩人對嘉義的強烈認同感。月亮和藍天，作爲隱喻，日日夜夜都疼惜嘉義，都與嘉義同

---

48 八田與一（一八八六一一九四二），日本石川縣人，臺灣嘉南大圳的設計者，烏山頭水庫的建造者，有「嘉南大圳之父」、「烏山頭水庫之父」之稱。自一九一〇年日本東京帝國大學畢業後，到五十六歲過世爲止，一直都在臺灣任職定居，幾乎都在臺灣工作。引自〈嘉南大圳—八田與一—水利建設〉，《水電民生館》網站：http://wcis.pcc.gov.tw/files/15-1004-1896,c125-1.php（二〇一五年一月三十日瀏覽）

49 〈嘉義市〉，《走讀臺灣》網站：http://www.walkingtaiwan.org/content/County/city_poi.asp?bid=14&jid=183（二〇一五年一月三十日瀏覽）

50 Benedict Anderson, *Imagined Communities*: *Reflections on the Origin and Spread of Nationalism*. (London: Verso, 1991), 7.

在。

　　渡也的嘉義地誌書寫不只具有歷史時空對照，以新八景「文化路夜市」爲題材的〈文化路夜市之一〉，則從大眾消費角度切入，展現嶄新風貌：

　　　　光
　　　　在文化路到處流竄
　　　　掠食黑暗
　　　　光
　　　　睜大眼睛望去
　　　　幾萬張嘴巴
　　　　在開闔
　　　　幾萬個胃
　　　　在蠕動

　　　　在光的注視下
　　　　似乎人的軀體完全消失
　　　　只看到消化器官
　　　　活著

　　　　再細看
　　　　只看到食物活著
　　　　啊，小籠包牛肉麵
　　　　炒鱔魚米糕
　　　　食物不斷地開闔
　　　　吃下嘴巴

食物在蠕動
吞下所有的胃

　　渡也這首詩，以文化路夜市的食客慾望為主題，運用魔幻寫實筆法，寫出了生理慾望、市場消費的地方感。「光」與「胃」作為本詩的對照關鍵字，同時現身於文化路夜市中，既是光照（光）也是引誘（胃）。渡也以諧趣的語調，讓讀者通過光的「流竄」、「掠食」，看到食慾在夜市中的主體位置，讓「小籠包、牛肉麵、炒鱔魚、米糕」等美食創造整個夜市的「光」，而最終則是「食物不斷地開闔／吃下嘴巴／食物在蠕動／吞下所有的胃」的反噬。如此驚心的諧趣，反襯了慾望和消費作為形塑地方的主導角色。正如Mike Crang所說：

> 市集是個容許歡暢逾矩的地方，市集的時空提供了荒誕狂歡（carnivalesque）行徑的場合。這種行為顛覆了社會的正常規則，讚揚逾矩過度與炫耀性消費，這是尋常百姓喧鬧狂歡，展示俗麗一面的時刻。[51]

　　與前述具有歷史空間意涵的詩對照，這首詩表現的是地理空間意涵。夜市的光，照亮了掠食者；慾望的胃，吞噬了人的存在。這首詩從慾望與消費切入，把地方和消費結合於一爐，成功寫出了嘉義（或任何地方）經驗的多重性和複雜性。〈文化路夜市之二〉[52]顯然有意強化這種「身體地理」，不僅寫餐桌上的餐飲（「許多嘴正在咀嚼／在文化路餐飲店／燈光看了，垂涎欲滴」），更寫身體和慾望的

---

[51] 《文化地理學》，頁166。

[52] 渡也：〈文化路夜市之二〉，原刊於《臺灣新聞報・西子灣副刊》（2001年8月10日），第20版。後收錄在渡也《諸羅記》，頁38-39。

流動（「另一種飲食文化／賣肉的，不用餐具／賣肉的，只附呻吟／
恕不附湯」）。這是渡也地誌詩顯眼的特色之三，以消費與慾望爲素
材，表現當代都市生活的多重性與複雜性。

　　渡也有關嘉義的地誌書寫，當然不止於此，但主題和精神大約不
出以上所論：㈠以歷史變革突顯地方／地誌／地理的人文紋理；㈡通
過時間的轉換寫家園所繫之地的空間變遷，生發歷史滄桑感；㈢以消
費與慾望爲素材，表現當代都市生活的多重性與複雜性。這三個文
化意涵，又多以渡也的童年記憶和成長經驗爲底本，是對生身之地嘉
義的回憶再現，也是對嘉義地方感的重塑。渡也與嘉義、嘉義與渡
也，在詩中渾然莫辨。

三、歸屬的父祖之鄉：渡也眼中的澎湖

　　相對於生身之地的嘉義，澎湖對於渡也的意義則是以父祖之鄉而
存在，這是他馳騁家園之思、尋求歸屬的故鄉。二○○九年渡也出
版《澎湖的夢都張開翅膀》，收錄一九九四年開始寫的澎湖地誌詩
作。在自序〈澎湖第一〉中，他強調「這本書在感覺上是我的第一本
書」，因爲他的祖父來自澎湖，「高大俊美的祖父在事業、做人方面
相當成功，讓我從小以祖父爲傲，以身爲澎湖人爲榮！多少年來，我
一提到澎湖，就馬上想起祖父。反之，每每與人談起祖父，總是想到
澎湖」[53]。

　　對於祖父的認同，連帶而出的就是對澎湖的認同[54]，渡也眼中的
澎湖不是「外島」或「外地」，而是再親切也不過的「父祖之地」

---

[53] 渡也：〈澎湖第一〉，《澎湖的夢都張開翅膀》，頁16-17。

[54] 詩人莫渝指出，渡也詩集《澎湖的夢都張開翅膀》標誌了「詩人全心爲父祖輩土地寫詩，彰
　　顯特殊的尋根情懷」的意義。引自莫渝〈風海交織的情韻——讀渡也的鄉情詩集《澎湖的夢
　　都張開翅膀》〉，《文訊》293期（2010年3月），頁110-111。

（fatherland），一如Mike Crang所指：「文化地景經常在這個過程
裡被視爲作用者——它被當成傳遞文化歸屬的容器。」[55]對渡也來
說，書寫澎湖因而就不止於地誌，更是血緣和文化歸屬的厚描，這和
他書寫嘉義的動力是不太一樣的。渡也自述：「曾祖父和祖父先後蓋
的兩棟祖宅，至今仍蹲在馬公市東文里，面目有些滄桑，而它們的主
人早已作古，骨罈供奉在東文里陳氏宗祠，葉落歸根了。」[56]這樣的
感慨，也見於〈故鄉〉[57]一詩之中：

> 澎湖的海是鹹的／土是鹹的／但，夢不是／這裡每個人
> 也不是／／
> 澎湖的風是鹹的／陽光是鹹的／但，這裡每個人的話是
> 甜的／心也是／／
> 曾祖父百年前蓋的古宅／頭顱破裂／祖父數十年前蓋的
> 房子／手腳殘缺／蹲在馬公東文里／看起來／哎，看起
> 來竟是酸的／苦的

　　這首詩以「鹹、甜、酸、苦」四味描述渡也心中的澎湖，海、
土、風和陽光等自然風土是鹹的，但夢和澎湖人的話、心是甜的，酸
苦的則是曾祖父和祖父蓋的古宅。這詩中的四種味道，可說就是渡也
對於澎湖地方感的具體呈現。讓他感酸苦的澎湖，是對父祖之鄉不時
縈繞的鄉愁；讓他感到甜美的，是澎湖人的樸實和眞誠的甜；讓他
覺得鹹的，則是澎湖自古以來孤懸海外的地貌、地景與生態。這些味
道，不僅是地景的隱喻，同時也是對澎湖的認同投射。
　　相較於生身的嘉義，澎湖對渡也無疑是個「他者」（the other），

---

[55] 《文化地理學》，頁214。
[56] 渡也：〈澎湖第一〉，《澎湖的夢都張開翅膀》，頁17。
[57] 渡也：《澎湖的夢都張開翅膀》，頁90-91。

他以外來者的眼睛探看父祖之地的故鄉，由客體到主體的過程，自然有五味雜陳之感。學者葉連鵬分析指出：「澎湖的土地於他，既是遊客又屬歸人的雙重身分，讓他充滿糾結的情緒。」[58]正是此意，他的筆宛如蝴蝶，要尋訪父祖之魂。

　　根據方志，澎湖古名方壺、西瀛、島夷、亶州。澎湖群島周邊海域蘊藏豐富魚產，居民以多漁民為多，又有「漁翁島」（Pescadores）之稱，全區僅有十九個島有人居住，總面積約一百二十八平方公里，面積最大的島嶼是馬公本島、西嶼、白沙、七美及望安等島嶼，海岸線蜿蜒達三百二十公里，風光奇絕秀麗；在地質上，除了西邊花嶼群由安山岩組成外，其他各島皆由玄武岩組成[59]。

　　渡也的澎湖書寫，既來自父祖之鄉的尋根，他對澎湖的嚮往，也導引出自我身分的認同，其中可見他亟欲歸屬於這塊既熟悉又陌生土地的焦慮。在發表時原題〈玄武岩〉的〈澎湖素描〉[60]一詩中，他以來自奎壁山海底的一顆「玄黑的石頭」為題材，寫它「悶不吭聲，身分不明／在客廳燈下閃閃發亮」，彷彿向全家打招呼，但不為家人所懂，因此念國小的兒子建議「我們應該向它點點頭」；面對這顆「不問世事的石頭」如今的作客，這首詩這樣收尾：

> 如今來我家作客
> 一住
> 將是萬年

58　葉連鵬：〈愛情、親情、友情、鄉情──渡也情詩析論〉，《彰化師大國文學誌》23期（2011年12月），頁149-172。

59　陳培源、張郇生：《澎湖群島之地質與地史》（馬公：澎湖縣政府文化局，2009年），頁30-37。

60　原詩名為〈玄武岩〉，刊於《聯合報》副刊（2000年7月30日）；後收入渡也等著《烈焰之子玄武岩》（馬公：澎湖縣文化局，2005年），頁25，並更改詩名為〈澎湖素描：玄武岩〉。

> 萬年後
> 我也成為一顆
> 一顆玄黑的石頭
> 而客廳成為我的大海

　　玄武石在此詩中隱喻澎湖，這是渡也聰明的書寫策略。此詩開展猶如寓言敘事，讓「身分不明」的玄武岩在客廳燈下閃閃發亮；結局則是「我也成為一顆／一顆玄黑的石頭／而客廳成為我的大海」。我與玄武石之間主體與客體的易位，暗示的是渡也對於澎湖這塊父祖之鄉的高度認同，我、玄武石、澎湖三者之間終究結為一體，無法分離。套用宇文所安（Stephen Owen）的話來說，這首詩通過玄武石的象徵，使得作為「地理座標」的澎湖與作為「生命座標」的我產生互涉，於是「公共空間」與「私密空間」也就產生了螺旋式的連結，這是邂逅某個遺址（如玄武石）得到的召喚，在詩人胸中引起不安、激情，由是吸引詩人的注意，使他流連忘返[61]。

　　玄武石如此，風也是。澎湖多風多沙，氣候惡劣，風季經常影響居民生活，為了鎮風辟邪，「鎮風塔」因此成為澎湖的地方特殊景觀，這是地理學家騷爾（Carl Sauer）所稱的「文化地景」，作為「有機區域的極致表現」而存在[62]。渡也的詩〈鎮風塔〉[63]如此書寫此一吐屬於澎湖的文化地景：

　　天在搧風，海在搧風／風也在搧風／所有鎮風塔都團結

---

[61] 宇文所安著，鄭學勤譯，《追憶：中國古典文學中的往事再現》（臺北：聯經出版社，2006年），頁94。

[62] C. Sauer, *Land and Life：A Selection from the Writings of Carl Sauer*, ed. John Leighly (Berkeley: University of California Press, 1962), 321.

[63] 同前註。

　　／一致，瞄準風／向風的軀殼／風的靈魂／開火／向風
的前世／風的今生，風的來世／開火／／
　　明朝風／清朝風／民國風／荷蘭法國日本風／都在發燒
／都在咳嗽，都在／打噴嚏／／
　　數百年了／一切都被鎮住了／只有風沒有被鎮住／只有
鎮風塔風獅爺被吹成／風

　　鎮風塔對澎湖來說，就是具有象徵意義的地景，它「依居民的信
仰，以及被賦予的意義而塑造」[64]，代表澎湖的民情與風土，民情與
風鬥、與天鬥，故而強悍；風土惡劣，故而避險求安。學者葉連鵬分
析，本詩「描述的是澎湖常見的『人文景觀』，帶有明顯的地方特
徵，除了點出澎湖風大的事實，也點出了澎湖的民俗特色，然而本
詩卻不僅僅滿足純粹的寫景需求，還帶有對歷史的回顧、展望和批
判」[65]，確具洞見。
　　進一步看，渡也顯然也有意通過本詩表現澎湖在地緣政治上所遭
遇的權力轉移，照映澎湖歷史的蒼茫。「明朝風／清朝風／民國風／
荷蘭法國日本風／都在發燒／都在咳嗽，都在／打噴嚏」，以強權和
統治者輪番而來，彰顯鎮風塔的無奈；詩到最後又一翻轉，說「只
有風沒有被鎮住／只有鎮風塔風獅爺被吹成／風」，一如葉連鵬所
述，隱含歷經歲月與風化侵蝕的鎮風塔、風獅爺，終究仍「擋不住自
然的偉大力量」、「敵不過時間的汰換」[66]。
　　此外，渡也似乎仍意有所指，想暗喻今日澎湖發展文創觀光熱潮
的流風，使這個具有象徵意涵的地景，在消費和商業的風潮中展現另

---

[64]　《文化地理學》，頁35。
[65]　葉連鵬：〈鄉夢縈迴——渡也《澎湖的夢都張開翅膀》的地誌詩書寫〉，《大海洋詩雜誌》
　　　82期（2011年1月），頁92。
[66]　同前註。

一種地景風姿，並且成為「觀光凝視」（the tourist gaze）的對象，
成為澎湖「符號經濟」（an economy of signs）的一環[67]，成為澎湖
的象徵商品，而為觀光客所喜愛、所購買。

　　這正是渡也地誌詩迷人之處，他善用詩的語言，表現特殊地景中
的多重象徵語碼，而能再現地方感的多重感覺，一如鎮風塔之詩，既
可以是民情的、風土的，也可以歷史的、政治的，以及消費的、商業
的、觀光的多重象徵，因而耐人咀嚼。

　　地景是可以被塑造的，尤其在歷史的轉折和權力的書寫之下。澎
湖古來就居兩岸地緣政治的關鍵地位，明末清初施琅（一六二一一
一六八七）降清，康熙二十二年（一六八三），率師東渡，進軍臺
灣，結束明鄭王朝。澎湖有施公祠、萬軍井兩處古蹟，存留至今。渡
也有詩〈萬軍井〉[68]誌之：

　　　康熙二十二年／當馬公遇到施琅軍隊／整個澎湖都喊／
　　　渴／／
　　　媽祖聽到了／賜甘泉源源不斷／如萬口井水／／
　　　萬口甜甜的井／賜給萬口／喝／／
　　　鳥來喝，青蛙也來喝／風來喝，雲也來喝／兵士來喝／
　　　叛臣也來喝／／
　　　至於，施某降清一事／井說得／口沫橫飛

　　施公祠位於今馬公市中央街，萬軍井則位於今施公祠現址斜對
面。萬軍井相傳是施琅駐兵澎湖時，禱神而井泉立湧，汲之不竭，
而得其名[69]。這首詩的處理顯然有意重行塑造萬軍井的地景意涵。從

67　Paul Cloke等編，王志弘等譯：《人文地理概論》（臺北：巨流，2006年），頁404-405。
68　《澎湖的夢都張開了翅膀》，頁32-33。
69　《澎湖縣政府文化局》網站，http://www.phhcc.gov.tw/ch/home.jsp?mserno=20121

反清復明的角度看，施琅叛明降清，是歷史上的「叛臣」；但若從此井造福萬民，包括鳥、青蛙、風、雲、兵士、叛臣都喝的角度看，則有澤被萬民，無分敵我之恩。作為澎湖的「紀念地景」，「施某降清一事／井說得／口沫橫飛」，難清難明、不清不明，正是此詩高明之處，它讓我們更加了解前已述及「地景是一張刮除重寫的羊皮紙」的意涵：「地景是隨著時間而抹除、增添、變異與殘餘的集合體」[70]。

對尋索父祖之鄉的渡也來說，他寫澎湖之用心用力似乎百倍於他對生身之地的嘉義。他自述：「十幾年來，我不斷地用腳、眼睛、鼻子、舌頭到澎湖各地旅行，以相機記錄，以筆記錄所見所聞。這一時期，澎湖離我最近，不像小時候那麼遙不可及。」[71]又說：「八十九年，我的澎湖素描幾乎陷入瘋狂。我以大量的作品記錄澎湖，我快速地勾勒澎湖，我急著要讓國人、世人知道屬於第一的澎湖！九十四年也是。」[72]

這樣的狂熱，讓渡也的澎湖地誌詩更顯得情真，「地方和情感的詩意召喚，能激起強烈的熱情」[73]，渡也寫澎湖，正是如此。難怪白靈推崇他的地誌詩作：

> 並不把澎湖只當作觀光旅遊勝地看待，在他心中，澎湖的每一當下都承載著龐大無盡景觀和自然生態、博廣的文化意涵、縱深的歷史傷痕和游移互動的人群在內，牽一髮而動全身，這正是澎湖得天獨厚的完整性和自足

0030004&serno=201212110002&serno3=201212130020&contlink=ap/boch11_view.jsp&dataserno=XA09602000291（二〇一五年一月三十日瀏覽）

[70] 《文化地理學》，頁27-28。
[71] 《澎湖的夢都張開了翅膀》，頁18。
[72] 《澎湖的夢都張開了翅膀》，頁19。
[73] 《文化地理學》，頁61。

性，是臺灣其他地區很難享有的。[74]

　　但即使如此，澎湖還是有它不能不面對的問題，特別是在全球空間逐漸侵蝕之下，蔓延而來的難以抗拒的「無地方性」（placeless）的課題[75]。「道路、鐵路、機場直接橫越或強加於地景之上，而非與地景一起發展，它們不僅自身就是無地方性的特徵，還由於它們促成人群的大量移動及附帶的風尚與習慣，因而除了直接衝擊外，還助長了無地方性的擴散。」[76]如麥當勞、7-11這些跨國商業及其速食文化、消費文化的入侵，也都成為包括澎湖在內地的邊境之地的隱憂。渡也又如何看待這種因為現代性所引發的地方困境呢？他發表於二○○一年的〈觀光賭場〉，可以提供參考：

　　　全國上下都在擲骰子／賭／拉斯維加斯會到澎湖嗎？//
　　　其實澎湖早已經是賭場／賭徒首先是風和海／前仆後繼
　　　擲骰子／輸了，咬緊牙關再來//
　　　後來是荷蘭軍艦／法國孤拔將領也來賭／天空一一見證
　　　//
　　　世上每個人皆由骰子投胎／轉世，有人豪賭／有人賭注
　　　少／有人賭完就走，有人／仍在賭場//
　　　其實沒人真正贏過／除了時間[77]

　　這首詩以當年澎湖將設賭場的議題為引，「全國上下都在擲骰子／賭／拉斯維加斯會到澎湖嗎？」寫出了澎湖作為臺灣離島地方面臨

---

[74] 《澎湖的夢都張開了翅膀》，頁5。

[75] 《文化地理學》，頁149-150。

[76] Edward Relph, *Place and Placelessness.* (London: Pion, 1976), 90.

[77] 《澎湖的夢都張開了翅膀》，頁84-85。

的資本主義化與全球化挑戰。這種非地方文化的挑戰，對澎湖的地方
感勢將造成嚴重的侵蝕。可以想像，賭場將在海域蓋國際旅館、賭
城以及各式各樣的遊樂商場，導致澎湖地景特色的消溶。渡也以反諷
的筆調回應這樣的後現代「擬像」（simulation）[78]危機，他以「其
實澎湖早已經是賭場／賭徒首先是風和海」的自然災厄，「法國孤拔
將領也來賭／後來是荷蘭軍艦」的軍事災厄，「有人豪賭／有人賭注
少」的人性災厄，回應這種國際賭場的商業災厄，而最後結於「時
間」是不變的贏家的眞理之上。這首詩展現的地方感，是對虛假地方
的諷刺，有睥睨時間，笑傲人間，優游空間的氣概。

　　但這並不表示渡也對澎湖地景特色之維護依然高度樂觀。在〈媽
宮古城〉這首詩的末段，他還是寫出了沉重的憂心：

　　　如今，cafe、麥當勞、線上遊戲
　　　對馬公發動攻勢
　　　比孤拔將領還猛烈
　　　順承門無法保護自己的健康
　　　古城只剩下一顆頭
　　　一隻手臂
　　　一些器官
　　　一臉現代水泥[79]

　　詩中的媽宮古城位於馬公市，今留存者爲順承門，乃清光緒時代
所建媽宮城城門之小西門，也是至今仍留存之清朝時代城牆，已列爲

---

[78]　這是布希亞（Jean Baudrillard, 1989年）所稱的擬仿地方的假象，也就是從未存在過的事物的
　　　模擬，是沒有原版的複製品。

[79]　《澎湖的夢都張開翅膀》，頁34-35。

一級古蹟[80]。媽宮古城在澎湖歷史上扮演重要海方角色，光緒十一年（一八八五）中法戰爭期間，法軍曾率軍艦六艘攻占澎湖，因此渡也此詩有「cafe、麥當勞、線上遊戲／對馬公發動攻勢／比孤拔將領還猛烈」之嘆；加上古城牆「只剩下一顆頭／一隻手臂／一些器官／一臉現代水泥」，更是象徵著具有歷史的地方感的「面目全非」[81]。而以跨國商業和古城牆前後對照，更突顯了家園流失的傷懷。

　　傷懷之外，喜悅與驕傲也形構了渡也對澎湖的地方感。〈澎湖之一〉[82]這首詩寫出了渡也對於這個父祖之鄉滿溢的喜悅與驕傲：

　　　　澎湖是用魚、水和風做成
　　　　澎湖人都是魚
　　　　都是水
　　　　都是風

　　　　澎湖人都發動引擎
　　　　澎湖魚都發動引擎
　　　　水的引擎
　　　　澎湖的夢都張開翅膀
　　　　夢的翅膀

　　　　因為澎湖的海

80　〈媽宮古城〉，《文化資產局》網站：http://www.boch.gov.tw/boch/frontsite/cultureassets/caseBasicInfoAction.do?method=doViewCaseBasicInfo&caseId=XA09602000285&version=1&assetsClassifyId=1.1（二〇一五年一月三十日瀏覽）

81　葉連鵬：〈鄉夢縈迴——渡也《澎湖的夢都張開翅膀》的地誌詩書寫〉《大海洋詩雜誌》第82期（2011年1月），頁92。

82　《澎湖的夢都張開了翅膀》，頁76-77。

> 是魚的機場
> 而天空
> 是夢降落的地方

　　這首詩一開頭說「澎湖是用魚、水和風做成」，呈現了詩人回到
父祖之鄉的「主觀空間」[83]，魚、水、風三個主要意象，就是渡也對
澎湖這個「客觀空間」[84]所傳達的故鄉感情，來自一個孺慕父祖的澎
湖後代子孫的眼中，也來自一股以澎湖爲原鄉的歸鄉者的心理。這首
詩呼應了前述〈故鄉〉一詩的地方感，但進一步強化了海、水、風與
天空的壯闊感、開朗感和未來感。渡也所寫澎湖詩作結集時以本詩中
的詩句「澎湖的夢都張開翅膀」爲書名，更強化了他書寫澎湖地誌詩
的「引擎」、「翅膀」之動力意涵而指向他的鄉愁之思的翱翔。白靈
說渡也的澎湖詩作「憑藉著他自如出入古今的想像力、技藝高超的語
言功力，以及對原鄉事物如數家珍之熔爐似的熱力，爲我們做了絕佳
示範」[85]正是此意。

　　渡也有關澎湖的地誌書寫，與他的嘉義書寫形成一個有趣的對
照，兩者相同之處，在於主題都以地方的地景爲書寫對象，呈現詩人
對於這些客觀空間的主觀空間詮釋，因此強烈突出了兩個特屬之地的
地方感及其文化意涵。不一樣的是，他的嘉義書寫以童年記憶和成長
經驗爲底本，是他對生身之地的再現，是地方感的記憶重塑；他的澎
湖書寫則以中年後的尋根和對父祖的憶念爲底本，是他對父祖之鄉的

---

[83] 主觀空間指的是一個人「從外地回到家鄉，或在地圖上看到家鄉名字時所感受到的那一種自
　　我定位」，引蔡文川《地方感：環境空間的經驗、記憶與想像》（高雄：麗文文化，2009
　　年），頁3。

[84] 客觀空間指的是「大部分人口調查、地政資料、都市規劃師與地理學家腦子裡想的」，它是
　　「紙上、抽象的空間」，引《地方感：環境空間的經驗、記憶與想像》，頁3。

[85] 《澎湖的夢都張開翅膀》，頁16-17。

認同之旅，追尋地方感的歸屬定位。與嘉義書寫的文化意涵同樣的是兩者皆以歷史變革突顯地方／地誌／地理的人文紋理；不同的是澎湖書寫別具兩個特色：㈠通過外來者的眼光發現父祖之鄉與自身地方身分的緊密關聯；㈡以澎湖的海洋生態為素材，表現臺灣的海洋風貌與環境的開闊性與特殊性。渡也筆下的嘉義，就是他自身的童年與成長；澎湖，則處處充滿父祖的身影，是他認同與歸屬的故鄉。

四、結語：地方感的記憶與歸屬

經由以上的爬梳，我們可以看到渡也的地誌詩表現的不只是詩人遊歷所至、眼中所見的地方景觀，還深含他對土地深厚蘊藏的「地方感」。此一地方感的形成，一如Allan Pred所強調：

> 須經由人的居住，以及某地經常性活動的涉入；經由親密性及記憶的累積過程；經由意象、觀念及符號等意義的給予；經由充滿意義的「真實的」經驗或動人事件，以及個體或社區的認同感、安全感及關懷的建立，才有可能由空間轉型為「地方」。[86]

我們觀察渡也所寫有關嘉義（生身之地）和澎湖（父祖之鄉）的地誌詩，都能看到Allan Pred所說的這四個特質的存在。那不是存在於地方志中的地方知識，而是來自渡也對生身、成長、踏履、嚮慕之地經常性活動的涉入所得；其中有著渡也對兩個親密之地的記憶累積和歸屬認同，通過詩，以新的意象來傳達他對兩地的認同感，因而使得嘉義和澎湖不只是地理空間中的地名，同時是具有歷史時間意義和

---

[86] Allan Pred著，夏鑄九、王志弘編譯：《空間的文化形式與社會理論讀本》（臺北：明文出版社，2002年），頁86。

渡也生命所繫、記憶所繫、歸屬所繫的地方。

　　分開來看，嘉義，作為渡也生身與成長之地，也是他在一九八八年離開之後不時回望的故鄉，這是他生命中記憶最鮮明的地方。他筆下的嘉義地誌詩，因而充滿著歷史與人文的色澤：一方面他以寫實的手法描繪場景，或者使用童年的口吻表現具有童趣的地方感；另方面他時或以現代主義的時空易位筆法，交替童年的我的成長經驗，與今日的我所見的地景對話，讓他筆下的嘉義在地方感之外別具歷史感。

　　相對地，渡也筆下的澎湖乃是父祖之鄉，他踏履澎湖時，身分是遊子、也是旅人，他眼中的澎湖、筆下的澎湖，多少帶有對於父祖感情的投射，因而多半出以地景描繪，以地景作為象徵，連結他對澎湖的情感。其次，他的澎湖書寫，表現了和臺灣本島有所區別的海洋風貌與特殊性，也和嘉義書寫形成強烈對照。

　　我們或許可以這樣說，渡也有關嘉義和澎湖的地誌書寫，雖然都以地方地景為對象，呈現他對於地方地景的客觀空間的主觀詮釋，具有強烈的地方感及文化意涵，但兩者突顯的意義則大有不同：嘉義書寫以童年記憶和成長經驗為底本，是對生身之地的回憶再現，是地方感的感情重塑；澎湖書寫則以中年後的尋根和對父祖的憶念為底本，是對父祖之鄉的認同之旅，是地方感的身分認定。

　　記憶與歸屬，正是渡也地誌詩的兩大主軸，兩者均屬Relph所稱的地方感的「內在性」：「內在於一個地方，就是歸屬並認同於它。你越深入內在，地方認同感越強烈。」[87]也是段義孚所強調的必須花費長時間累積才能獲得的地方感[88]。我們從渡也的地誌詩中，處

87　Edward Relph, *Place and Placelessness.* (London：Pion, 1976), 49.

88　段義孚指出：「地方感是可以立刻透過生長環境與成長的經驗累積，獲得清晰可見的熟悉環境。不過地方感往往需要花上比較長的時間才能獲得。」引自Tuan, Yi-Fu. *Space and Place: The perspective of Experience.* (Minneapolis：University of Minnesota Press, 1977), 183.

處都看到這種地方感的強烈召喚，嘉義和澎湖，在渡也筆下，因而也可以視爲是他界定自我生命與「場所精神」[89]的地方。因爲這種地方感的召喚，渡也既再現了童年的嘉義、父祖的澎湖，也讓我們看到他深沉、醇厚的土地之情、鄉土之愛。

參考書目

Anderson, Benedict. *Imagined Communities: Reflections on the Origin and Spread of Nationalism*. (London: Verso, 1991).

Baudrillard, Jean. *America*. (London: Verso, 1989).

Bhabha, H.K. *The Location of Culture*. (London: Routledge, 1994).

Cloke, Paul等編，王志弘等譯：《人文地理概論》（臺北：巨流出版社，2006年）。

克朗（Crang, Mike）王志弘等譯：《文化地理學》（臺北：巨流出版社，2008年）。

克瑞斯威爾（Tim Cresswell），徐苔玲、王志弘譯：《地方：記憶、想像與認同》（臺北：群學出版社，2006年）。

〈地方〉，Paul Cloke, Philip Crang and Mark Goodwin編，王志弘等譯：《人文地理概論》（臺北：巨流出版社，2007年）。

Geertz, Clifford. *The Interpretation of Cultures*. (New York：Basic Books, 1973).

米勒（Miller, J. Hillis），單德興編譯：〈地誌的道德觀：論史蒂文斯（Wallace Stevens）〈基韋斯的秩序理念〉〉，《跨越邊界：翻譯‧文學‧批評》（臺北：書林書店，1995年）。

宇文所安（Owen, Stephen），鄭學勤譯：《追憶：中國古典文學中

89　《文化地理學》，頁59-60。

的往事再現》（臺北：聯經出版社，2006年）。

普瑞德（Pred, Allan），許坤榮譯，夏鑄九、王志宏編譯：〈結構歷程和地方──地方感和感覺結構的形成過程〉，《空間的文化形式與社會理論讀本》（臺北：明文出版社，1999年）。

Relph, Edward. *Place and Placelessness.* (London: Pion, 1976).

Sauer, C. *Land and Life*: *A Selection from the Writings of Carl Sauer*, ed. John Leighly. (Berkeley: University of California Press, 1962).

Tuan, Yi-Fu. *Space and Place*: *The Perspective of Experience.* (Minneapolis: University of Minnesota Press, 1977).

白靈：〈不畏烏雲與烈日──評渡也《攻玉山》〉，《文訊》258期（2007年4月），頁100-101。
〈用魚、水和風做成的詩〉，《澎湖的夢都張開翅膀》（馬公：澎湖縣政府文化局，2009年），頁16-17。

李世維：《渡也新詩研究》（彰化：彰化師範大學國文研究所碩士論文，2006年）。

李舒逸：《渡也「嘉義速記」詩作內容之研究》（嘉義：南華大學文學系碩士論文，2012年）。

李銘輝：《觀光地理》（臺北：揚智，1997年）。

李瑞騰：〈語近情遙──渡也詩略論〉，《國文學誌》10期（2005年6月），頁221-233。

吳育臻編：《臺灣地名辭書卷二十：嘉義市》（南投：臺灣省文獻委員會，1996年）。
《嘉義市志‧卷二‧人文地理志》（嘉義：嘉義市政府，2002年）。

吳潛誠：《島嶼巡航：黑倪和臺灣作家的介入詩學》（臺北：立緒，1999年）。
陳黎編：〈閱讀花蓮：地誌書寫──楊牧與陳黎〉，《在想像與現實間走索：陳黎作品評論集》（臺北：書林出版社，

1999年）。

渡也等：《烈焰之子玄武岩》（馬公：澎湖縣文化局，2005年）。

渡也：《歷山手記》（臺北：洪範書局，1977年）。

　　　《落地生根》（臺北：九歌，1989年）。

　　　《攻玉山》（彰化：彰化縣文化局，2006年）。

　　　《澎湖的夢都張開翅膀》（馬公：澎湖縣政府文化局，2009年）。

　　　《諸羅記》（嘉義：嘉義市政府文化局，2015年）。

　　　〈少壯能幾時〉，《文訊》348期（2014年10月），頁85-86）。

　　　〈渡也寫作年表〉，《不准破裂》（彰化：彰化縣立文化中心，1994年），頁242-44。

　　　〈玄武岩〉，《聯合報·聯合副刊》（2000年7月30日），37。

莫渝：〈風海交織的情韻──讀渡也的鄉情詩集，《澎湖的夢都張開翅膀》〉，《文訊》293期（2010年3月），頁110-111。

張默：〈詩壇新銳㈠〉，《幼獅文藝》275期（1976年11月），頁148。

張默等編：《新銳的聲音》（高雄：三信出版社，1975年）。

張漢良、蕭蕭編：《現代詩導讀·導讀篇三》（臺北：故鄉，1979年）。

陳培源、張郇：《澎湖群島之地質與地史》（澎湖：澎湖縣政府文化局，2009年）。

陳淑銖編：《嘉義市志·卷三·經濟志》（嘉義：嘉義市政府，2005年）。

簡政珍、林燿德編：《臺灣新世代詩人大系》（臺北：書林書店，1990年）。

蔡文川：《地方感：環境空間的經驗、記憶與想像》（高雄：麗文文化，2009年）。

葉連鵬：〈愛情、親情、友情、鄉情——渡也情詩析論〉，《彰化師大國文學誌》23期（2011年12月），頁149-172。

　　　〈鄉夢縈迴——渡也《澎湖的夢都張開翅膀》的地誌詩書寫〉，《大海洋詩雜誌》82期（2011年1月），頁90-93。

鄭惇仁：《渡也地方詩作之研究》（高雄：高雄師範大學國文教學碩士班碩士論文，2013年）。

蕭蕭，張漢良、蕭蕭編：〈面具·導讀〉，《現代詩導讀·導讀篇三》（臺北：故鄉出版社，1979年），頁171。

　　　張漢良、蕭蕭編：〈電話·導讀2〉，《現代詩導讀·導讀篇三》（臺北：故鄉出版社，1979年），頁168。

參考網站

《阿里山國家風景區》網頁簡介：http：//www.ali-nsa.net/user/Article.aspx?Lang=1&SNo=03002474（二〇一五年一月三十日瀏覽）

〈嘉義市〉，《走讀臺灣》網站：http：//www.walkingtaiwan.org/content/county/city_POI.asp?ids=1298&jid=175&bid=14（二〇一五年一月三十日瀏覽）

〈嘉義市〉，《走讀臺灣》網站：http：//www.walkingtaiwan.org/content/County/city_poi.asp?bid=14&jid=183（二〇一五年一月三十日瀏覽）

《澎湖縣政府文化局》網站，http：//www.phhcc.gov.tw/ch/home.jsp?mserno=201210030004&serno=2012121100 02&serno3=201212130020&contlink=ap/boch11_view.jsp&dataserno=XA09602000291（二〇一五年一月三十日瀏覽）

〈媽宮古城〉，《文化資產局》網站：http：//www.boch.gov.tw/boch/frontsite/cultureassets/caseBasicInfoAction.do?method=d

oViewCaseBasicInfo&caseId=XA09602000285&version=1&as
setsClassifyId=1.1（二〇一五年一月三十日瀏覽）
《林業文化園區》網頁簡介：http：//culturalpark.forest.gov.tw/ali_
history.aspx（二〇一五年一月三十日瀏覽）
《嘉義市政府文化局》網站，網址：http：//www.cabcy.gov.tw/cab-
cy/local_1_1.asp（二〇一五年一月三十日瀏覽）。
〈嘉南大圳—八田與一—水利建設〉，《水電民生館》網站：http：
//wcis.pcc.gov.tw/files/15-1004-1896,c125-1.php

Memory and attributable: The Sense of place of Du Ye's Topography Poem

Abstract

Du Ye has written poetry for half a century. In his poetry world, it is not only smooth and detailed, but extremely fantasy; it also integrates modernism and realism and creates new horizons for Taiwan modern poetry.

Du Ye's topography poem shows the dual skills fully. In this paper, we focus on Du Ye's topography poem, especially the poem in Penghu and JiaYi, borrowing the theory and concept of "the sense of place" of geography of the humanistic, neatening the recognition of the land in Du Ye poems, and this is in order to draw the outline of local situation and realism in Du Ye's.

Keywords: Du ye, Topography Poem, The Sense of Place, Genius Loci

附　錄

歷年總目

第1期【兩岸詩學專號】

新詩的音樂性——臺灣詩例 ································ 鄭慧如

臺灣新世代和舊世代詩論之比較 ························ 朱雙一

被發現的詩傳統，或如何敘述臺灣詩史 ················ 楊宗翰

臺灣三大詩社互動而衝突的關係——以笠、藍星及創世紀為例 ··· 古遠清

中國大陸的臺灣新詩史觀 ································ 陳信元

臺灣數位文學守門人角色與理念初探 ·················· 陳俊榮

顧城詩「呈現」界域的存在深度
　　——「賦」體美學探討系列之一 ·················· 翁文嫻

詩評論的學術走向——《臺灣詩學》觀察報告 ············ 張梅芳

詩史還可以等一等——《臺灣現代詩美學》讀後 ·········· 孫維民

第2期【臺灣當代十大詩人專號】

曖昧流動，緩慢交替——「臺灣當代十大詩人」之剖析 ······ 楊宗翰

洛夫詩的偶發因素 ···································· 鄭慧如

鄉土詩人余光中 ······································ 黃維樑

詮釋的縫隙與空白——細讀楊牧的時光命題 ·············· 陳大為

鄭愁予詩語言的構成物件及其技法 ······················ 張梅芳

隱情／忍情——論周夢蝶〈無題〉詩十九首 ·············· 曾進豐

暴力與音樂與身體：瘂弦受難記 ························ 劉正忠

商禽——包裹奇思的現實性份量 ························ 翁文嫻

閉鎖式的現代主義：白荻與臺灣的焦急 ·················· 蕭水順

夢想導遊論夏宇 ······································ 陳義芝

情慾腹語——陳黎詩作中情慾書寫的謔史性 ·············· 解昆樺

第3期【學院詩人專號】

臺灣「學院詩人」的名與實——《學院詩人全年度詩集》綜論 … 陳義芝

顏元叔與臺灣新詩評論轉型 ……………………………………… 楊宗翰

杜國清的新即物主義論 …………………………………………… 陳俊榮

七〇年代李豐楙臺北城市詩書寫中的在地現代性及修辭話語——

　　兼論一九五〇年世代詩人詩語言意識 ………………………… 解昆樺

孟樊詩作的藍色美學 ……………………………………………… 李佳媚

港臺新史詩寫作問題探論 ………………………………………… 霍俊明

不離人生，不離人間：冷凝沉鬱論岩上詩作風格 ……………… 林淇瀁

杜潘芳格詩中的生活美學 ………………………………………… 洪淑苓

麥比烏斯環式的新詩美學建構——

　　蕭蕭《臺灣新詩美學》《現代新詩美學》讀後 ………………… 羅婉真

第4期【兩岸女性詩人專號】

新世紀大陸女性詩歌的情慾詩寫 ………………………………… 陳仲義

誰永遠居住在詩歌的體內

　　——試論作為生命與生活方式的女性詩歌寫作 ……………… 沈　奇

女性、自覺、解放、困境——李元貞《女人詩眼》的四重協奏曲 …… 施盈佑

利玉芳的政治詩 …………………………………………………… 陳俊榮

故鄉？他鄉？張默與孟樊旅行詩集的中國印象書寫 …………… 林于弘

情智交織的美的世界——杜國清詩觀探析 ……………………… 孫瑋騂

三十年代大陸的臺灣新詩研究 …………………………………… 古遠清

第5期【新世代詩人專號】

隱／現於詩句中的同志意象──以鯨向海為觀察對象 ················ 林佩苓
淺論吳音寧《危崖有花》後殖民及女性關懷 ······················· 何佳駿
「在南方」詩歌群像 ··· 劉旭俊
劉克襄的生態詩 ··· 孟　樊
張秀亞新詩的四季書寫 ···································· 林于弘、林容萱

第6期【臺灣詩史專號】

林亨泰五〇年代符號詩的生產及其文化位置評議 ················· 吳孟昌
林亨泰新式標點之運用 ··· 李桂媚
笠詩社女詩人政治詩中「朝野政黨的監督」和「選舉亂象的批判」描寫
·· 黃俐娟
邊緣發聲──陳黎原住民詩之探析 ································· 謝孟琚
跨界越位的後現代：以林德俊《樂善好詩》為例 ················· 蕭水順
高中國文教科書中所呈現的臺灣現代詩圖像 ····················· 郭侑欣

【書評】
清醒的夢著──讀方群詩集《航行，在詩的海域》 ··············· 徐若冰

第7期【向陽詩作研究專輯】

詩的影音建構——以向陽的臺語詩為例 ……………………………… 白　靈
後現代視閾中的向陽詩歌 …………………………………………… 宋紅嶺
狂歡・延緩・重複：向陽詩集《亂》析讀 ………………………… 余境熹
他者的綿延：向陽《歲月》中自我與生命時間意識的表述 ……… 劉益州
「騷」與「體」：試論向陽《亂》的歷史技喻與文化圖像 ……… 陳鴻逸

【一般論文】
臺灣新詩中的茶與人生體悟 ………………………………………… 林于弘
陳義芝的家族詩 ……………………………………………………… 陳俊榮
痛快淋漓・身體景觀——論唐捐詩的體液書寫與性器意象 ……… 楊美琴

第8期

覃子豪的象徵主義論 ………………………………………………… 陳俊榮
詩人批評家楊熾昌與印象式批評 …………………………………… 楊宗翰
當代臺灣生態詩的思維
　　——以「田園理想」與「生態現實」為焦點 ………………… 黃昱升
二〇〇九年臺灣新詩發表的檢視與省思
　　——兼論年度「十大詩人」 …………………………………… 林于弘
九二一災後副刊震殤詩的秩序建構 ………………………………… 趙文豪
鄉土、社會與記憶——趙天儀詩世界的三度空間 ………………… 林淇瀁
江文瑜現代詩中的情慾 ……………………………………………… 林立婕
亂中的秩序——析論向陽詩集《亂》 ……………………………… 岩　上

第9期

遠土的囚與逃：商禽的原質追索和形神分裂 ················ 夏婉雲
瘂弦詩中的死亡航行與生存譬喻 ···························· 劉志宏
論「典範效應」在臺灣現代詩上的漣漪現象：
　　以楊牧與楊佳嫻「時間書寫」為主的討論 ·············· 劉益州
豐饒與虛無：論羅任玲詩的自然意識 ······················ 顧蕙倩
一九六〇世代詩人中現實意識的兩種呈現：以鴻鴻與羅葉為例
·· 丁威仁、蔡凱文

【書評】
從古典化裁序論新詩集《聖摩爾的黃昏》 ·················· 吳明興

第10期

【賴和新詩專輯】
臺灣式史詩──賴和新詩的歷史地位 ························ 蕭　蕭
賴和新詩的紅色美學 ····························· 王文仁、李桂媚
賴和的民眾詩 ·· 陳　謙

【一般論文】
蕭蕭現代禪詩中的禪趣析論 ································ 陳政彥
蘇紹連詩中的缺位、擬態與身體 ·························· 夏婉雲
以《旅遊寫真・孟樊旅遊詩集》中國行──看旅遊詩的出走與回歸 ··· 趙文豪
以生活的方式對抗生活──論鴻鴻《土製炸彈》的反抗意象
·· 丁威仁、蔡凱文
地窖式遞降的空間：洛夫的「石室」與死亡 ················ 劉志宏
《藍星週刊》研究 ·· 劉正偉

【書評】
銀河繁星中再起的浪潮──《一九六〇世代詩人詩選集》評介 ··· 陳怡達

《當代詩學》論文撰寫體例

壹、中文部分

一　各章節使用符號，依一、㈠、1、⑴……等順序表示。

二　請用新式標點，唯書名號用《》，篇名號用〈 〉，書名和篇名連用時，省略篇名號，如《晉書·文苑傳》，除破折號、刪節號各占兩格外，其餘標點符號各占一格。

三　獨立引文，每行低三格。

四　註釋號碼請用阿拉伯數字標示，如1.2.3.……，置於標點符號之後。

　　註釋文字則置於每頁下方，以細黑線與正文分開。

五　文後須另列引用書目，分「傳統文獻」和「近人論著」兩部分，「傳統文獻」以時代排序，「近人論著」以作者姓氏筆畫排序，外文著述以作者姓氏字母排序，同一作者有兩本（篇）以上著作時，則依著作出版先後排列。

六　來稿請附中英文摘要各五百字以內、中英文關鍵詞三至五個。

七　注釋及引用書目之體例，請依下列格式撰寫：

㈠引用專書：張穆：《顧亭林先生年譜》（臺北：臺灣商務印書館，一九八〇年），頁18。

㈡引用論文：

　1.期刊論文：孫京榮：〈論查慎行的遊黔詩〉，《貴州社會科學》第三期（二〇〇〇年三月），頁76-80。

　2.論文集論文：余英時：〈清代思想史的一個新解釋〉，《歷史與思想》（臺北：聯經出版事業公司，一九七六年九月），頁121-156。

　3.學位論文：彭衍綸：《中國望夫傳說研究》（臺北：政治大學中國文學研究所博士論文，二〇〇五年），頁

466。

㈢引用古籍：

1. 古籍原刻本：宋・司馬光：《資治通鑑》（南宋鄂州覆北宋刊龍爪本，約西元十二世紀），卷二，頁2上。

2. 古籍影印本：明・郝敬：《尚書辨解》（臺北：藝文印書館，一九六九年，百部叢書集成影印湖北叢書本），卷三，頁2上。

㈣引用報紙：齊邦媛：〈七月流火祭魯芹〉，《聯合報》副刊（一九八三年八月二十五日）。

㈤再次徵引：

1. 再次徵引時可用簡單方式處理，如：

⑴林衡道：〈臺灣的民間傳說〉，《漢學研究》第八卷第一期（一九九〇年六月），頁665。

⑵同前註。

⑶同前註，頁669。

2. 如果再次徵引的註，不接續，可用下列方式表示：

⑴同註1，頁670。

貳、外文部分

一、引用專書：

Edwin O. James, *Prehistoric Religion: A Study in Prehistoric Archaeology*（史前宗教：史前考古學的研究）(London: Thames and Hudson, 1957), p.18.

二、引用論文：

㈠期刊

Richard Rudolph, "The Minatory Crossbowman in Early Chinese Tombs,"（中國早期墓葬的強弩使用者）*Archives of the Chinese Art Society of America*, 19(1965)，pp.8-15.

㈡論文集

E.G. Pulleyblank, "The Chinese and their Neighbors in Pre-historic and Early HistoricTimes,"（史前與早期歷史的中國人與其四鄰）in David N. Keightley,ed., *The Origins of Chinese Civilization* (Berkeley: University of California Press, 1983), pp.460-463.

㈢學位論文

Edwin O. James, *Prehistoric Religion: A Study in Prehistoric Archaeology*（史前宗教：史前考古學的研究）（Cambridge: Harvard University Ph. D. dissertation，○○○先生指導，1957年），p.18.

㈣學術討論會

Edward L.Shanghnessy, "Historical Perspectives on the Introduction of Chariot into China,"（車子傳入中國的歷史回顧）paper presented to the ?th Conference of the American Historical Association, New York, 1985.

「典藏臺中」詩人白萩學術研討會議程表

指導單位：臺中市政府

主辦單位：國立中興大學中文系、臺中市政府文化局

承辦單位：臺中市政府文化資產處

執行單位：國立臺北教育大學語文與創作學系

　　　　　國立臺北教育大學語文與創作學系《當代詩學》

協辦單位：中興大學通識中心─跨知識媒體寫作實驗室

贊助單位：景深空間設計有限公司（小雅文創）

議程聯繫人：陳謙0958306223／polo@ydu.edu.tw

活動聯繫人：葉小姐0919047200（文資處）／解昆樺0928780277

　　　　　　（中興大學）

活動報名網址：http://ppt.cc/gjB4y

2016年3月12日（星期六）地點：國立中興大學　人文大樓八樓815會議廳			
8：20-8：40	報到		
8：40-9：00	路寒袖（臺中市文化局局長）陳淑卿（國立中興大學文學院院長）周美慧（國立臺北教育大學語文與創作學系主任）進行開幕致詞		
時間	主持人	演講者	演講題目
9：00-9：20主題演講		阮美慧東海大學中文系副教授兼系主任	詩人白萩現實詩美學

9：20-9：30	中場休息			
時間	主持人	發表人	論文題目	特約討論
9：30-10：55 第一場研討會	孟樊 國立臺北教育大學語文與創作學系教授	丁威仁 國立新竹教育大學中文系副教授	白萩詩論研究——以《現代詩散論》為討論主軸	阮美慧 東海大學中文系副教授兼系主任
		趙文豪 國立臺灣師範大學臺文所博士生	白萩的《詩廣場》批判	解昆樺 國立中興大學中文系助理教授
		劉正偉 國立臺北大學中文系兼任助理教授	詩少年——藍星時期白萩詩作探討	孟樊 國立臺北教育大學語文與創作學系教授
10：55-11：05	中場休息			
時間	主持人	發表人	論文題目	特約討論
11：05-12：30 第二場研討會	向陽 國立臺北教育大學臺灣文化研究所教授	李長青 國立彰化師範大學國文系博士生	落葉・孤岩・金絲雀——天才詩人白萩早期詩作探論	陳啓佑 國立中興大學兼任教授
		顧蕙倩 銘傳大學應用中文系兼任助理教授	詩廣場——論白萩現代主義與現實精神的具體實踐	方群 國立臺北教育大學語文與創作學系教授
		劉志宏 逢甲大學中文系兼任助理教授	「將天空射殺」！——白萩詩中的空間與權力關係窺探	向陽 國立臺北教育大學臺灣文化研究所教授

12：30-13：30	午　餐	
13：30-14：20 紀錄片發表	《阿火世界》影像引言人：辛佩宜、洪瑋伶（影片導演）	
14：20-14：25	中場休息	
14：25-16：35 座談會	陳啓佑 （國立 中興大 學兼任 教授）	白萩（詩人）
		梁景峰（前淡江大學德文系副教授）
		顧蕙倩（詩人、《詩領空——典藏白萩的詩／生活》撰稿人）
		莫云（詩人，《海星詩刊》主編）
		林瑞明（詩人、國立成功大學歷史系教授）
15：35-15：45	林主任淑貞（中興大學）進行閉幕致詞	

註：每篇論文宣讀十五分鐘，特約討論十分鐘，主持人及現場開放討論每
　　場十分鐘。座談會：主持及發言人每人十分鐘。時間居止前一分鐘按
　　鈴一短聲，時間居止時按鈴二長聲。

活動照片：

在白萩研討會之前，臺中市文化局也為前輩詩人出版《詩領空 —— 典藏白萩
的詩／生活》文學傳記，由詩人顧蕙倩執筆。
照片提供：向陽

研討會議結束後，部分與會來賓合影
照片提供：莊華堂

會議進行中，由右而左劉志宏、顧蕙倩、李長青、向陽、渡也
照片提供：嚴毅昇

與詩人白萩合影，由右至左顧蕙倩、林淑貞、岩上、白萩、路寒袖、解昆樺
照片提供：解昆樺

國家圖書館出版品預行編目資料

當代詩學. 第十一期／陳文成主編. ——初
版. ——臺北市：五南, 2016.12
　面；　公分
年刊
ISBN 978-957-11-8935-2（平裝）

1.新詩　2.期刊

821.05　　　　　　　　　　　105022586

1X6T　學術專著

當代詩學（第十一期）
白萩詩論與詩作專輯

總 策 劃 — 周美慧
執行主編 — 陳文成
編務管理 — 吳亭慧
發 行 人 — 楊榮川
總 編 輯 — 王翠華
主　　編 — 黃惠娟
責任編輯 — 蔡佳伶
校　　對 — 李鳳珠
編輯委員 — （依姓氏筆劃排列）
　　　　　　丁威仁(新竹教育大學)　王文仁(虎尾科技大學)
　　　　　　吳懷晨(台北藝術大學)　李癸雲(清華大學)
　　　　　　李翠瑛(元智大學)　　　李瑞騰(中央大學)
　　　　　　阮美慧(東海大學)　　　林于弘(臺北教育大學)
　　　　　　林淇瀁(臺北教育大學)　張春榮(臺北教育大學)
　　　　　　陳文成(臺北教育大學)　陳俊榮(臺北教育大學)
　　　　　　陳政彥(嘉義大學)　　　陳義芝(臺灣師範大學)
　　　　　　傅怡禎(臺東專校)　　　須文蔚(東華大學)
　　　　　　楊宗翰(淡江大學)　　　解昆樺(中興大學)
　　　　　　劉正忠(臺灣大學)　　　劉正偉(臺北大學)
　　　　　　蕭水順(明道大學)　　　簡文志(佛光大學)
　　　　　　簡政珍(亞洲大學)　　　顧蕙倩(銘傳大學)
封面設計 — 陳翰陞
主　　辦 — 國立臺北教育大學《當代詩學》編輯委員會
地　　址：10671臺北市大安區和平東路二段134號語創系辦公室
電　　話：(02)2 732 732-1104轉62234
傳　　真：(02)2 378 378-8790
電子信箱：ritl@tea.ntue.edu.tw
出 版 者 — 五南圖書出版股份有限公司
地　　址：106台北市大安區和平東路二段339號4樓
電　　話：(02)2705-5066　　傳　　真：(02)2706-6100
網　　址：http://www.wunan.com.tw
電子郵件：wunan@wunan.com.tw
劃撥帳號：01068953
戶　　名：五南圖書出版股份有限公司
法律顧問　林勝安律師事務所　林勝安律師
出版日期　2016年12月初版一刷
定　　價　新臺幣450元